오셀로

오셀로
Othello

윌리엄 셰익스피어 희곡 권오숙 옮김

OTHELLO
by WILLIAM SHAKESPEARE (1604)

이 책은 실로 꿰매어 제본하는 정통적인 사철 방식으로 만들어졌습니다.
사철 방식으로 제본된 책은 오랫동안 보관해도 손상되지 않습니다.

제1막
9

제2막
47

제3막
83

제4막
125

제5막
159

역자 해설
질투심이 부른 비극 ―「오셀로」

189

윌리엄 셰익스피어 연보

205

등장인물

오셀로 베니스에서 복무하고 있는 무어인 장군
브라밴쇼 베니스 의회 의원이자 데스데모나의 아버지
캐시오 오셀로의 부관
이아고 오셀로의 기수
로더리고 베니스 귀족
베니스 공작
기타 의회 의원들
몬타노 오셀로 이전의 사이프러스 총독
그라시아노 브라밴쇼의 아우
로도비코 브라밴쇼의 친척
광대 및 오셀로의 하인들
데스데모나 브라밴쇼의 딸이자 오셀로의 아내
에밀리아 이아고의 아내
비앵카 창녀

기타 선원, 전령, 병사들, 귀족들, 연주자들, 시종들

장소

베니스(제1막), 사이프러스 섬(제2막~제5막)

제1막

제1장
(베니스 거리)

이아고와 로더리고 등장.

로더리고 쳇, 그만하게나. 내 돈지갑의 끈이 마치 제 것인 양
 내 지갑의 돈을 맘대로 써온 자네가 분명
 이 일을 알고 있었을 것을 생각하면 서운하기 짝이 없네.
이아고 정말 제 말을 믿지 않으시는군요. 제가 꿈에라도
 그런 생각을 했다면 저를 욕하십시오.
로더리고   자넨 그자를   5
 증오한다지 않았나.
이아고   그게 사실이 아니면 저를 멸시하십시오.
 이 도시에서 힘깨나 쓴다는 양반 세 분이
 저를 그자의 부관으로 삼아 달라고 청하기 위해
 수시로 그자에게 모자를 벗어 경의를 표했습니다.

제1막 제1장 11

그리고 남자로서 맹세하는바 제 가치는 제가 잘 아는데   10
전 정말 그 자리에 부족함이 없지요.
그런데 그자는 자신의 자부심과 의견을 대단히 여겨
군대 용어가 잔뜩 섞인 호언장담을 늘어놓으면서
그 양반들을 피하더니 결국에는
〈이미 부관을 정했습니다〉라고 하며   15
제 중재자들의 소청을 거절했습니다.
그런데 그자가 고른 게 누군지 아세요?
정말 탁상공론에만 능한 피렌체[1] 출신의
마이클 캐시오란 자입니다.
전쟁터에서 기갑 부대를 배치해 본 적도 없는 그자는   20
얼굴 반반한 계집에 빠져 망할 지경이고
전투에 대해서는 책에 나오는 이론을 빼고는
실 잣는 처녀보다도 모르는 자입니다.
그런 거라면 토가[2]를 입은 의원네들도
그자처럼 번지르르하게 말할 수 있을 것입니다.   25
실전 경험은 없이 입으로만 재잘거리는 것이
군인으로서 그가 한 전부입니다. 그런데 그런 자가 뽑히고
로도스 섬, 사이프러스 섬, 기타 여러 기독교 지역뿐 아니라
이교도 지역에서도 오셀로의 눈앞에서 무공을 세워 온 내가
돈 계산만 하는 놈에게 앞길이 막혔습니다.   30

1 피렌체는 당시 유럽의 상공업과 금융업의 중심 도시였다. 30행에서 〈돈 계산만 하는 *debitor and creditor*〉라 한 것도 그가 피렌체 출신임을 비꼬는 것이다.
2 고대 로마의 귀족과 자유 시민이 입었던 겉옷. 베니스 의원들도 전통 의상인 토가를 입었다고 한다.

그자는 제때에 부관이 되었는데

세상에, 나는 오셀로의 기수라니.

로더리고 나 같으면 그자의 교수형 집행인이 되었을 걸세.

이아고 어쩌겠어요. 그게 바로 군인에게 내려진 저주인데.

예전처럼 2순위가 1순위의 뒤를 따르는 경력순으로　　　　35

승진이 이루어지는 것이 아니라

추천장과 총애에 따라 이루어지니.

그러니 생각해 보세요. 제가 무엇 때문에 저 무어인[3]을

좋아하겠어요?

로더리고　　　나 같으면 그자의 부하 노릇은 그만뒀을 걸세.

이아고 어이구, 나리, 그건 이렇습니다.　　　　　　　　40

저는 제 이득을 챙기려 그자를 따르고 있는 겁니다.

누구나 다 대장이 될 수 없는 법이고, 또 대장이라고

누구나 진실로 충성스러운 부하를 둘 수도 없는 법입니다.

나리께서도 무릎을 구부리고 충성을 다하는 많은 작자들이

노새처럼 먹을 것만 주면 그저 비굴한 의무를 다하면서　　　45

세월을 허비하다 늙어 해고당하는 꼴을 많이 보셨겠죠.

그렇게 충직한 놈들은 회초리질을 해야 합니다.

반면에 겉으로는 충성을 다하는 척하면서

속으로는 자신만 챙기는 자들도 있습니다.

그자들은 겉으로만 주인에게 봉사하는 척하면서　　　　　50

그 덕에 부자가 되어 외투 주머니가 두툼해지면

---

[3] 무어인이란 특정 인종이 아닌, 아시아와 북아프리카의 이슬람교도를 가리키는 말이다.

스스로를 섬깁니다.
이런 자들이야말로 정신이 제대로 박힌 자들인데
제가 바로 그런 작자란 말입니다.
나리께서 로더리고 나리인 게 분명하듯 분명히 말하는데,   55
제가 저 무어인이라면 전 이아고 노릇을 못 할 겁니다.[4]
저는 그를 섬기면서 실은 저 자신을 섬기는 겁니다.
제가 사랑과 충성심으로 그를 따르는 듯 보이지만,
실은 특별한 목적으로 그런 척하는 것은 하늘이 알 터입니다.
겉으로 보이는 제 행동이 내심에서 우러나온 행동이고   60
제 본심을 드러내 보여 주는 것이라면
조만간 제 심장을 소매 위에 내걸어
비둘기더러 쪼아 먹게 할 겁니다.
전 겉과 속이 다른 놈입니다.

로더리고   그 입술 두꺼운 놈이 그 일을 해낸다면   65
운수대통하는 거지.

이아고   아가씨의 아버지를 부르세요.
그를 깨워서 오셀로를 쫓고, 그자의 기쁨에 독을 붓고,
거리에서 그자에 대해 고래고래 떠드세요.
그녀의 친척들을 자극하여
행운을 만끽하고 있는 그자를 파리 떼에 시달리게 하세요.   70
그자의 즐거움 대단하나 그것을 고통으로 바꿔 놓으세요.
그 슬거움이 퇴색하도록 말입니다.

---

4 이 대사는, 만일 자신이 상사였다면 자기처럼 겉으로만 봉사하는 척하는 부하의 속셈을 꿰뚫어 보았을 것이라는 의미이다.

로더리고 여기가 아가씨 댁이네. 내 소리쳐 부르겠네.

이아고 그러세요. 밤중의 소홀한 틈을 타서

　사람들이 많이 사는 도시에 불이라도 난 듯

　겁먹은 목소리로 무시무시하게 고함치세요.

로더리고 저기요, 브라밴쇼 나리! 브라밴쇼 의원님, 계세요?

이아고 일어나세요! 브라밴쇼 나리! 도둑이에요, 도둑!

　집 안을 살펴보시고 따님과 돈 보따리들을 찾아보세요.

　도둑이라고요, 도둑!

　　　　　　브라밴쇼가 창가에 나타난다.

브라밴쇼 왜 이렇게 소란스레 깨우느냐?

　게 무슨 일이냐?

로더리고 의원님, 가족분들 모두 댁에 계신가요?

이아고 문은 다 잠그셨습니까?

브라밴쇼　　　　　　　　아니, 그건 왜 물어?

이아고 나리! 도둑입니다. 체통을 위해 가운부터 걸치십시오.

　영혼의 절반을 잃으셨으니 가슴이 터지실 겁니다.

　지금 바로 이 순간에도 시커먼 늙은 양[5]이

　댁의 흰 양[6]과 교미를 하고 있습니다. 일어나세요, 일어나.

　종을 쳐서 코를 골며 자고 있는 시민들을 깨우십시오.

　안 그러면 악마가 나리를 할아버지로 만들어 버릴 것입니다.

---

5 오셀로를 가리킨다.
6 데스데모나를 가리킨다.

그러니 어서 일어나세요.

브라밴쇼   뭐야, 네놈이 미쳤느냐?

로더리고 존경하는 의원님, 제 목소리를 아시겠습니까?

브라밴쇼 모르겠다. 뭐 하는 놈이냐?

로더리고   전 로더리고라고 합니다.

브라밴쇼 그렇다면 더더욱 반갑지 않구나!
내 자네에게 우리 집 주변에 얼씬도 말라 했거늘.   95
자네에게 솔직하고 분명하게 말하지 않았더냐.
내 딸을 자네에게 줄 수 없다고 말이야.
그런데 진탕 마시고 술에 취해 제정신이 나가서는
허황된 용기를 내어 찾아와
내 단잠을 깨운단 말이냐.   100

로더리고 의원님, 제발, 의원님 —

브라밴쇼   분명히 알아 둬라.
내 성미로 보나, 내 지위가 지닌 권능으로 보나
이번 일에 대한 대가로 쓴맛을 보게 될 거다.

로더리고   고정하십시오, 나리.

브라밴쇼 뭐, 내가 도둑을 맞았다고? 여기는 베니스야.
외딴 시골 농장이 아니란 말이다.

로더리고   준엄하신 브라밴쇼 나리.   105
저는 그저 순수한 마음으로 나리께 온 것입니다.

이아고 참말로 나리는 하느님 섬기는 일도 악마가 시킨다면
안 하실 분이시군요. 저희들은 나리에게 도움을 드리러
왔는데 저희를 악한으로 여기시다니. 그러다가 바바리[7]

산(産) 수말이 따님을 덮쳐 히힝거리며 인사하는 손자들 110
    을 맞으시게 되고 준마들을 친척으로, 스페인산 조랑말
    들을 혈육으로 얻으실 겁니다.
브라밴쇼 네놈은 또 웬 불한당이냐?
이아고 저는요, 나리, 나리의 따님과 무어 놈이 지금 등 두 개
    달린 짐승이 되어 있음을 말씀드리고자 온 자이옵니다. 115
브라밴쇼 네놈은 불한당이야.
이아고   나리는 의원님이시죠.
브라밴쇼 이 일에 대한 대가를 필히 치르게 하겠다. 내 로더
    리고 자네를 알고 있으니.
로더리고   나리, 어떤 대가라도 치르겠습니다.
    다만 혹 알면서도 기꺼이 허락하신 것인지만 알려 주십시오.
    이제 보니 그런 것 같긴 합니다만, 나리의 아리따운 따님이 120
    모두가 잠들어 경비가 허술한 야밤을 틈타
    돈만 주면 아무나 태워 주는 곤돌라 사공놈을 빼고는
    호위병 하나 없이 음탕한 무어인의 천한 품으로 가셨습니다.
    이 일을 알고 계시고, 또 허락하셨던 거라면
    저희들이 나리께 주제넘고 건방진 잘못을 저질렀습니다. 125
    그러나 만약 나리께서 모르고 계셨다면
    소인이 알고 있는 예의범절로는
    저희들이 나리로부터 억울한 질책을 받은 것입니다.
    그러니 소인이 예의범절에 어긋나게

---

7 바바리Barbary는 이집트를 제외한 북아프리카의 옛 이름으로, 여기서는 아랍 지역을 뜻한다.

나리께 농간을 부리려 한다고는 생각지 말아 주십시오.
따님은, 다시 말씀드리지만 나리가 허락한 것이 아니라면
엄청난 반란을 일으킨 것입니다.
따님께서 이곳저곳을 정처 없이 떠돌아다니는 이방인에게
자신의 의무와 미모, 지혜와 재산을 바치다뇨.
당장 알아보십시오.
만약 따님이 자기 방이나 집 안에 계신다면
이런 착각을 한 죄로 저희에게
국법의 처벌을 내리십시오.

브라밴쇼　　　　　　　　　여봐라, 불을 밝혀라!
촛불을 가져오고 식구들을 모두 깨워라.
꿈에서 본 것과 똑같은 사건이 아닌가.
벌써 그것이 사실인 듯 나를 짓누르는구나.
불을 밝히라지 않았느냐. 불을!　　　　　(위층에서 퇴장)

이아고　　　　　　　　　　전 이제 가봐야겠어요.
더 머무르는 것은 곧 무어인에게
대항하는 입장을 드러내는 것이 될 터인데
그것은 제 처지에 옳지도, 적절치도 못한 행동입니다.
내 생각에, 이번 일로 그자가 좀 제재를 당할는지는 몰라도
베니스에서 그자를 마음 놓고 해임시키지는 못할 것입니다.
왜냐하면 지금 사이프러스에서 막 전쟁이 일어났는데
그자가 그 전쟁에 투입되었거든요.
의원들이 아무리 머리를 짜내어도
이 일을 담당할 능력이 있는 자는

오직 그자뿐이니 당연한 일이죠.
그리하여 내 비록 지옥의 고통만큼이나 그자를 싫어하지만
지금의 내 사정상 충성하는 척할 수밖에 없습니다.
하지만 정말 그런 척하는 것뿐입니다.   155
수색대를 서지터리[8]로 데려 오십시오. 거기 있는 게 분명하니.
전 그자와 그곳에 있겠습니다. 그럼 이따 뵙죠.   (퇴장)

　　　가운을 입은 브라밴쇼와 횃불을 든 시종들 등장.

브라밴쇼　내 딸이 가출을 하다니 너무나 끔찍한 사실이다!
이제 남아 있는 것은 멸시받는 시간의 고통뿐이구나
그래, 로더리고, 어디서 그 애를 봤느냐? — 오, 가련한 년!　　160
무어 놈과 있다고? — 이래서야 누가 아비 노릇을 할까!
그게 그 애인 줄 어찌 알았느냐?
오, 네년이 상상도 못 할 일로 아비를 속이다니 —
그 애가 무슨 말을 하더냐? — 촛불을 더 가져와라,
친지들도 깨워라 — 결혼한 것 같더냐?   165
로더리고　분명 그런 것 같습니다.
브라밴쇼　맙소사! 어떻게 집을 빠져 나갔지?
아, 혈육이 이토록 배신을 하다니! 세상 아비들이여,
이제부터는 딸년들의 행동만 보고 그 마음을 믿지 말지어다.
혹시 젊은 처녀들의 마음을 홀리는   170
주문 같은 것이 있는 게 아닐까?

8 오셀로와 데스데모나가 묵고 있는 여관 등의 이름인 듯하다.

로더리고, 그런 것에 관해 읽어 본 적이 있는가?
로더리고 예, 나리.
브라밴쇼 내 아우를 깨워라 — 아, 차라리 자네에게 줄 것을!
 몇 사람은 이쪽으로, 몇 사람은 저쪽으로 가봐라.
 어디 가면 내 딸년과 무어 놈을 잡을 수 있을지 알고 있나? 175
로더리고 나리께서 충분한 호위병만 대동하고
 저와 같이 가주시면 그자를 찾을 수 있을 것 같습니다.
브라밴쇼 어서 앞장서게.
 집집마다 방문하여 최대한 많은 사람을 모을 테니.
 여봐라, 무기를 들어라! 특수 야경대원들도 불러 모아라. 180
 가세, 로더리고. 내 자네의 노고를 꼭 갚겠네.   (퇴장)

제2장
(서지터리 앞)

오셀로, 이아고, 횃불을 든 시종들 등장.

이아고 저는 전쟁 중에 사람을 죽인 적은 있지만,
 의도적인 살인은 안 하는 것이 양심에 합당한 일이라
 굳건히 여겨 왔습니다. 저는 잇속을 채우기 위한
 부정한 짓은 못 합니다. 그런데도 여남은 번이나
 그 녀석[9]의 여기, 갈빗대 밑을 찔러 버릴까 생각했습니다. 5

[9] 로더리고를 가리킨다.

오셀로　그냥 놔두길 잘했네.

이아고　　　　　　　　　하지만 녀석이 어찌나
주둥이를 놀리면서 장군님의 명예를 훼손하는
무례하고 도발적인 말들을 해대던지,
저는 성인군자가 못 되는지라
참느라고 혼났습니다.
그런데 장군님, 결혼은 확실히 하셨습니까?
왜냐하면 그 의원 나리는 대단히 존경받고 있는지라
공작님보다 훨씬 강력한 발언권을 갖고 있거든요.
그분은 법이 허용하는 한
자신이 할 수 있는 권력을 다 동원하여
장군님을 이혼시키거나 장군님께 제재를 가하거나
괴롭힐 것입니다.

오셀로　　　　　성질껏 해보라지.
내가 이 나라를 위해 세운 공로들이 그의 불평을
잠재울 것이네. 아직 알려져 있지는 않으나 — 그런 자랑이
영예로운 일이 될 때 비로소 공식적으로 밝힐 예정인데 —
사실 나는 왕족 출신이네.
이런 점들 때문에 나는 내가 지금 얻게 된
이런 자랑스러운 행운을 떳떳하게 말할 수 있는 걸세.
허나 이아고, 분명히 알아야 할 것이 있네.
만약 내가 고귀한 데스데모나를 사랑하지 않았다면
가정 따위에 얽매이지 않는 자유로운 나의 처지를
온 바다를 다 준다 한들 구속시키겠는가!

그런데 저기 횃불을 든 자들이 오는군.

이아고 잠자리에서 일어난 아가씨의 아버지와 친지들입니다.
들어가시는 게 좋겠습니다.

오셀로 아닐세. 내가 숨어서야 되겠나.
내 성품이나, 직위나, 거리낄 것 없는 내 양심에 비추어
떳떳이 나서지 못할 게 뭐 있나? 그들이 맞는가?

이아고 아니, 아닌 것 같습니다.

캐시오, 다른 병사들과 횃불을 들고 등장.

오셀로 공작 각하의 종복들과 내 부관이군.
밤새 안녕들 하신가, 여보게들!
무슨 일인가?

캐시오 공작님께서 장군님께 안부를 전하셨습니다.
그리고 지금 당장 서둘러 출두하라고
장군님께 분부하셨습니다.

오셀로 무슨 일인 것 같은가?

캐시오 제가 짐작하기에는 사이프러스에서
무슨 소식이 온 것 같습니다. 다소 화급한 일인 듯합니다.
갤리선[10]에서 10여 명의 사신들이
이 야밤에 연이어 왔습니다.
그리고 많은 의원님들이 잠자리에서 일어나

---

10 주로 노를 사용하고 돛은 보조로 사용하는 범선으로, 그리스 로마 시대부터 지중해 지역에서 군함으로 쓰였다.

이미 공작님 댁에서 회동하셨습니다.
장군님께도 화급히 들라는 명이 내려왔습니다만 45
숙소에 안 계시어 의원회에서 장군님을 찾도록
세 개 조를 내보냈습니다.

오셀로　　　　　　　　자네가 날 찾아 다행이구먼.
내 집 안에 들어가 한마디만 하고 나올 테니
함께 가세.　　　　　　　　　　　　　　　　　　(퇴장)

캐시오　기수, 장군님께서는 무슨 일로 여기 오셨나?
이아고　장군께서는 오늘 밤 지상의 보물선[11]에 오르셨습니다. 50
만약 합법적인 전리품이 된다면 평생 복이 터지신 겁니다.
캐시오　무슨 소리인가?
이아고　　　　　　장군님께서 결혼하셨습니다.
캐시오　　　　　　　　　　　　　　　　누구하고?

오셀로 등장.

이아고　누군고 하니 — 자, 장군님, 가실까요?
오셀로　　　　　　　　　　　　　　　가세.
캐시오　또 다른 무리가 장군님을 찾아오고 있습니다.

브라밴쇼, 로더리고, 횃불과 무기를 든 사람들 등장.

이아고　브라밴쇼 의원입니다, 장군님, 제 말대로 하십시오. 55

11 데스데모나를 가리킨다.

제1막 제2장　**23**

저자는 악의를 품고 온 겁니다.

오셀로　　　　　　　　　　　여봐라, 게 섰거라!

로더리고　의원님, 무어인입니다.

브라밴쇼　　　　　　　　　저 도적놈을 쓰러뜨려라.

　　　　　　　　　　　　　　(양쪽이 칼을 빼 든다)

이아고　어이, 로더리고, 덤비시오. 당신은 내가 맡겠소.

오셀로　번득이는 칼들을 칼집에 넣으시오. 아침 이슬에
녹슬까 두렵소. 고결하신 의원님, 의원님께서는　　　　　　60
무기보다 연륜으로 호령하셔야 하지 않겠습니까?

브라밴쇼　오, 이 사악한 도적놈아. 내 딸은 어디 두었느냐?
악마 같은 네놈이 내 딸에게 마법을 걸었지?
아무리 이리저리 생각해 보아도
마법의 사슬에 걸리지 않고서야　　　　　　　　　　　　65
그처럼 온순하고 예쁘고 행복했던 아이가,
그토록 결혼을 싫어하여
이 나라의 멋쟁이 부자들을 모두 마다했던 아이가,
세인의 조롱감이 되는 것을 감수하며 부모의 슬하를 떠나
좋아하기보다는 혐오해야 마땅한　　　　　　　　　　　70
네놈 같은 자의 시커먼 가슴으로 달려갔겠느냐?
온 세상 사람들에게 물어보자,
네놈이 그 애에게 사악한 마법을 걸고,
독약이나 독극물로 그 연약한 아이의 정신을
약화시킨 것이 맞는지 틀리는지.　　　　　　　　　　　75
내 이 점을 끝까지 문제 삼을 것이다.

생각해 보면 이건 너무나도 분명하고 뻔한 일.
따라서 나는 사회를 어지럽히고 금지된 마법을
불법으로 사용한 죄로 네놈을 체포하는 바이다.
저 놈을 체포하라. 만약 저항하면   80
위해해서라도 체포하라.

오셀로　　　　　　　멈춰라. 우리 편도,
저쪽 편도 모두. 싸워야 할 때였다면
굳이 알려 주는 자 없어도 알았을 것이다.
자, 저를 어디로 데려가 의원님의 고소에
응하게 하시렵니까?

브라밴쇼　　　　　일단 감옥으로 가자.   85
법이 정한 적절한 시간과 절차에 따라 네놈을
문초할 때까지는.

오셀로　　　　제가 의원님의 뜻대로 하면 어찌 될까요?
공작님께서 이 일을 달갑게 여기실까요?
공작님의 사자들이 급박한 국사 때문에
저를 공작님 앞으로 데려가려고   90
여기 제 곁에 와 있는데?

병사 1　　　　　그건 사실이옵니다, 존경하는 의원님.
공작님께서 의원회를 소집하시어 분명 의원님께도
소환 명령이 갔을 것입니다.

브라밴쇼　　　　　뭐라? 공작님께서 의원회를!
이 야밤중에 말이냐? 그자를 데려가라.
내 일도 예사롭지 않으니   95

제1막 제2장

공작님이나 내 동료 의원들도
내가 당한 불의를 자신들의 일처럼 잘못됐다 여길 것이다.
이런 짓을 그냥 내버려 두면
노예놈들과 이교도놈들이 이 나라의 정사를 맡게 될 것이다.

(퇴장)

제3장
(회의장)

공작과 의원들 등장. 탁자에 불이 켜져 있고 시종들이 있다.

공작 이 소식들은 도대체 일관성이 없어
신뢰할 수가 없소.
의원 1　　　　　　정말 보고 내용이 앞뒤가 안 맞습니다.
제가 받은 편지에는 107척의 갤리선이라 써 있었습니다.
공작 내 편지에는 140척이오.
의원 2　　　　　　　제 편지에는 2백 척입니다.
이런 보고 편지에는 종종 차이가 있기 마련입니다.
비록 수치들은 일치하지 않는다 하더라도 어쨌든
터키 함대가 사이프러스 섬으로 가고 있다는 내용은
모든 전갈에서 일치합니다.
공작 그렇소. 사태를 판단하기에는 충분한 내용이오.
일관성 없는 보고를 크게 믿지는 않지만

주요 내용들에 대해서는
걱정스레 인정하는 바요.

선원　　　　　　(안에서) 여보세요! 여보세요! 여보세요!

　　　　　　　　　선원 등장.

병사　갤리선에서 전령이 왔습니다.

공작　그래, 무슨 일이냐?

선원　전투 준비를 갖춘 터키 함대가
로도스 섬[12]으로 향하고 있습니다. 안젤로 함장님으로부터
정부에 이와 같이 보고하라는 명을 받았습니다.

공작　이 항로 변경을 어찌 생각하시오?

의원 1　　　　　　　　　　아무리 생각해 보아도
있을 수 없는 일이옵니다. 사이프러스가 터키군에게
중요한 곳이라는 사실을 고려해 볼 때 이는
우리의 시선을 다른 곳으로 돌리려는 일종의 쇼입니다.
터키 왕은 로도스 섬보다는 사이프러스에
더 많은 관심을 갖고 있을 뿐 아니라
그곳을 보다 쉽게 점령할 수 있다는 사실을
다시 한 번 상기해야 합니다. 왜냐하면 사이프러스 섬은

---

12 도데카니소스 제도(에게 해 동남부에 있는 그리스령 제도로 〈12개의 섬〉이라는 뜻)에서 가장 큰 섬. 마르마라 해협을 사이에 끼고 터키의 남서 해안과 마주하고 있다. 고대 그리스 시대에는 해상 교통의 요지로서 경제적으로 번영하였으나, 로마의 지배를 받게 되면서부터 몰락하였다. 그 뒤 터키에 점령되어 1912년까지 지배를 받았다.

로도스 섬처럼 전투 태세를 갖추지도 못했고
로도스 섬이 갖추고 있는 방어 능력도 없기 때문입니다.
이 점을 고려할 때, 가장 관심 있는 것을 마지막으로 돌리고
쉬이 점령할 수 있고 얻을 것도 많은 싸움을 소홀히 하면서
별 득도 없고 위험하기만 한 싸움을 도발할 정도로
터키 왕이 미숙하다고 생각해서는 안 됩니다.
공작 내 생각도 그렇소. 로도스 섬으로 향하는 것이 아닐 거요.
병사 또 다른 소식이 왔습니다.

전령 등장.

전령 존경하옵는 고관대작 여러분,
터키군들이 로도스 섬을 향해 가다가
거기서 후속 함대와 합류하였사옵니다.
의원 1 그럼 그렇지. 줄잡아 몇 척쯤 되더냐?
전령 서른 척 정도였습니다. 그들은 뱃머리를 돌려
반대 방향으로 항로를 잡으며 사이프러스를 향한
그들의 의도를 노골적으로 드러냈사옵니다.
충직하고 용감한 몬타노 총독께서는
한결같은 충성심으로 이런 보고를 아뢰면서
부디 믿어 주시기를 바라셨습니다.
공작 그렇다면 사이프러스로 가고 있는 게 분명하구나.
마커스 루치코스[13]는 지금 이곳 베니스에 없소?
의원 1 그는 지금 피렌체에 있습니다.

공작 내 친서를 황급히 보내도록 하시오.

의원 1 브라밴쇼 의원님과 용감한 무어 장군이 오십니다.

브라밴쇼, 오셀로, 캐시오, 이아고, 로더리고 및 병사들 등장.

공작 용감한 오셀로 장군. 지금 당장 장군에게
우리의 공적 터키군을 물리치는 임무를 맡겨야겠소.   50
(브라밴쇼에게) 미처 못 봤군요. 어서 오시오, 브라밴쇼 경.
오늘 밤 경의 충언과 도움말을 듣고자 했습니다.

브라밴쇼 저도 공작님의 도움이 필요합니다.
공작님, 용서하십시오. 제가 잠자리에서 일어나 온 것은
제 직책 때문도 아니요, 공무에 대해 듣고 온 것도 아니며,   55
국가의 일을 염려해서도 아니옵니다.
저 개인의 슬픔이 지나쳐 제 본성을 압도하고
다른 슬픔들을 다 집어삼켰습니다.
또한 아직도 그런 상태입니다.

공작   아니, 무슨 일이오?

브라밴쇼 제 딸이! 오, 제 딸년이!

일동   죽었소?

브라밴쇼   그런 셈입니다, 제게는.   60
누군가가 그 애를 속여 제게서 훔쳐 갔습니다.
마법과 돌팔이 약장수에게서 산 마법 약에 의해

13 극에 전혀 등장하지 않으며 이곳을 제외하고는 언급도 되지 않는 인물이다. 상황의 급박함과 오셀로의 긴요함을 부각시키기 위해 삽입된 인물인 듯하다.

그 애는 망가지고 말았습니다. 마법에 홀리지 않고서야
어디가 모자란 것도, 눈이 먼 것도, 정신이 나간 것도 아닌데
제정신 가진 아이가 그런 엄청난 실수를 할 리 있겠습니까? 65
공작 이 같은 사악한 방법으로 경의 딸을 속여
그 애가 아비를 속이도록 한 자가 누구이든
엄격한 국법의 조문대로
경이 직접 엄단하도록 하시오.
설사 그것이 내 아들일지라도 70
경의 처분에 맡기겠소.
브라밴쇼 황공하옵니다, 공작님.
그자는 바로 이 무어인이옵니다. 이자는 지금
공작님께서 국사를 위해 특별히 이곳으로
부른 것으로 보입니다만.
일동 아주 유감스러운 일이군요.
공작 (오셀로에게) 장군은 이에 대해 뭐라 말하겠소? 75
브라밴쇼 사실을 인정하는 것밖에는 할 말이 없을 것입니다.
오셀로 큰 권세 누리시고, 진중하시며, 존경스러운 의원님들,
고귀하고 훌륭하기로 정평이 난 어르신들이시여,
제가 이 어르신의 따님을 데려간 것은 어김없는 사실입니다.
사실 저는 그녀와 결혼을 했습니다. 80
제가 범한 죄의 골자는 이 정도뿐입니다.
저는 말투가 거칠고, 평화 시(時)의 정연한 표현들을
타고나지도 못했습니다. 왜냐하면 저의 이 두 팔은
일곱 살 때부터 지금까지 아홉 달을 제외하고는

전쟁터에서 최상의 기력을 사용해 왔기 때문에,
저는 전쟁과 전투에 관한 것이 아닌
이 위대한 세상에 대해서는 별로 말을 잘 못합니다.
그래서 저는 저 자신을 변명하는 일에서도
대의명분을 그럴싸하게 꾸며 말할 줄 모릅니다.
그러나 어르신들이 참고 들어 주신다면
저희 사랑의 전 과정을
꾸밈없이 솔직하게 들려 드리겠습니다.
어떤 약, 어떤 마법, 어떤 주문, 어떤 강력한 마술을 써서
저 어른의 따님을 얻었는지를 말씀드리겠습니다.
제가 그런 수단들을 썼다고 비난하시니까요.

브라밴쇼 대담하지 못하고
조용하고 얌전해서 마음에 조그만 동요만 일어도
스스로 얼굴을 붉히곤 하던 처녀애였습니다. 그런 애가
타고난 천성도 잊고 나이, 나라, 평판, 모든 것 다 잊고
보기만 해도 무서워하던 자와 사랑에 빠지겠습니까!
그처럼 완벽한 애가 자연의 법칙들을 어기고
잘못을 저지를 수 있다고 말하는 것은
잘못된 판단이요, 미숙한 판단입니다.
그러니 이 일은 필히 간교한 악마의 농간으로 돌려야 합니다.
따라서 저는 다시 단언하는 바입니다.
피에 대단한 영향을 끼치는 어떤 혼합물로,
혹은 이런 효과를 내도록 주술로 조제한 어떤 약물로
저자는 내 딸을 홀린 것입니다.

공작 더 분명하고 명백한 증거 없이
그렇게 단언만 하는 것은 증거가 못 되오.
그것들은 경이 장군을 고발하기에는
너무 근거가 빈약하고 흔해 빠진 추측일 뿐이오. 110
의원 1 그런데 오셀로 장군, 말해 보시오.
장군이 진정 그런 수단들을 이용해 강압적인 방법으로
이 아가씨를 굴복시켜 그녀의 사랑을 얻은 것이오?
혹은 요청에 의해, 그리고 영혼과 영혼이 주고받을 수 있는
아름다운 대화에 의해 얻은 것이오?
오셀로 부디 사람을 보내어 115
서지터리에서 데스데모나를 불러와 주십시오.
그리고 그녀에게 부친 앞에서 저에 대해 말해 보게 하십시오.
만약 그 얘기 속에 제가 사악한 수단을 썼다는 말이 나오면
여러분들로부터 받고 있는 신임과 공직을
거두어 가실 뿐만 아니라 120
저에게 사형 선고를 내리셔도 좋습니다.
공작 데스데모나를 이리 데려오너라.
오셀로 기수, 안내하게. 자네가 그곳을 가장 잘 아니까.
(이아고와 두세 명의 시종들 퇴장)
그러면 그녀가 올 때까지, 젊은 혈기가 저지른 죄를
하느님께 고해할 때처럼 성심을 다해 125
어떻게 제가 이 아름다운 여인의 사랑을,
그리고 어떻게 그녀가 저의 사랑을 얻게 되었는지를
점잖으신 어르신들께 말씀드리겠습니다.

공작　　　　　　　　　　　　　　말하시오, 오셀로 장군.

오셀로　그녀의 부친은 저를 아끼시어 종종 초대해 주셨고
늘 제 인생 이야기를 들려 달라고 하셨습니다.　　　　　　130
해마다 겪은 전투, 포위 작전, 승패의 운에 대해 말입니다.
저는 소년 시절 이야기부터 이야기를 청하신
바로 그 순간까지의 이야기를 쭉 해드렸습니다.
그래서 아주 처참하고 불운한 사건들,
바다와 육지에서의 감동적인 사건들,　　　　　　　　　　135
임박한 죽음을 간발의 차이로 모면한 일,
잔인무도한 적에게 붙잡혀 노예로 팔려 갔다가
구출된 일 등을 말씀드렸습니다.
그리고 제 여행담도 전부 들려 드렸는데
그 가운데 광활한 동굴, 황량한 사막, 험한 돌산,　　　　140
하늘에 닿을 듯한 바위산 등에 관해 말씀드렸습니다.
이게 제가 드리려는 답입니다.
바로 이런 식으로 진행되었던 것입니다.
저는 서로를 잡아먹는 식인종과
머리가 어깨 밑에 달린 인종들에 관한 이야기도 했습니다.　145
데스데모나는 이런 이야기를 아주 듣고 싶어 했습니다.
그러나 항상 가사 때문에 불려 갔다가
일을 아주 신속하게 처리하고는 다시 돌아와서
제 이야기에 귀 기울여 열심히 듣곤 했습니다.
이런 모습을 보고 저는 한번은 여유 있는 시간을 포착하여　150
그녀가 이때까지 띄엄띄엄 들어 집중하지 못한

제1막 제3장　**33**

제 인생 이야기를 모두 자세히 말해 주면 좋겠다고
제게 간청하도록 유도하였습니다.
저는 물론 동의했고, 제가 젊어서 겪은 괴로운 시련담은
자주 그녀를 눈물 흘리게 만들었습니다.
이야기가 끝나면 그녀는 제 고생에 깊은 한숨을 쉬었고
〈이상도 해라, 정말 이상도 해라〉라든가
〈가여워라, 너무 가여워〉라고 말했습니다.
차라리 듣지 않았더라면 좋았을 것이라 말하면서도,
자신도 그런 사람으로 만들어 주시길
하느님께 바라기도 했습니다.
그녀는 제게 감사하면서 이렇게 간청했습니다.
만약 제 친구 가운데 자기를 사랑하는 사람이 있으면
그에게 내 이야기를 하는 법만 가르쳐 주고
그 이야기가 곧 그녀에겐 구혼이 됨을 일러 주라고요.
이런 암시의 말을 듣고 저는 마음을 털어놓았습니다.
그녀는 제가 겪은 위험들 때문에 저를 사랑하고
저는 그녀가 그것들을 동정해 주었기 때문에
그녀를 사랑하노라고 말입니다.
이것이 바로 제가 사용한 마술입니다.

데스데모나, 이아고, 수행원들 등장.

저기 그녀가 오니 직접 증언하게 해주십시오.
공작 그 이야기는 내 딸애의 마음이라도 샀을 것이오.

존경하는 브라밴쇼 경, 이왕 저질러진 일이니
좋게 받아들이시오. 맨주먹보다는 부러진 무기라도
쓰는 게 낫다지 않소.

브라밴쇼   딸년의 말을 들어 주시기 바랍니다.
만약 그 애가 이 구애에서 절반의 몫을 했다면,
제 머리 위에 파멸이 떨어지게 하소서! 제가 이유 없이
저자를 비난한 셈이니까요. 이리 오너라, 애야.
이 고귀하신 어른들 중에서 네가 가장 복종해야 할 사람이
누구인지 알겠느냐?

데스데모나   고귀하신 아버님, 저는 지금
의무감이 양쪽으로 나뉘는 느낌입니다. 저는 아버님께
낳아 주시고 길러 주신 은혜의 빚을 지고 있습니다.
제 목숨과 제가 받은 교육은 아버님을 존경하라 가르칩니다.
아버님은 제 모든 의무의 주인이시며
지금껏 저는 아버지의 딸이었습니다.
그런데 여기 제 남편이 계십니다. 그리고 어머니가
아버님을 외할아버지보다 더 좋아하시며
아버님께 보이신 의무만큼, 저도 제 낭군인
이 무어 장군님께 바칠 의무가 있다고 봅니다.

브라밴쇼 잘 가거라. 제 일은 끝났습니다.
공작 각하, 부디 국사를 논의하시기 바랍니다.
저는 자식을 낳느니 차라리 양자를 두겠습니다.
이리 오게, 무어 장군. 그대가 이미 차지하지만 않았더라면
그대를 피해 잘 보관하고자 온 힘을 다했을 것을

이 자리에서 그대에게 기꺼운 마음으로 건네주겠네.
　　　내 보물, 네 소행을 보니 또 다른 자식이 없는 게 다행이구나.
　　　네 사랑의 도주를 보고 나는 독재의 필요성을 배워
　　　자식들에게 족쇄를 채우게 했을 테니까.
　　　제 일은 이제 끝났습니다. 공작 각하.
공작　나도 경의 입장이 되어 한마디 하겠소.
　　　이 연인들을 어여삐 여기게 될 만한 말을 말이오.
　　　그동안 희망을 두어 왔던 해결책이 어쩔 도리가 없이 되어
　　　최악의 상태를 보게 되면, 슬픔도 끝내야 하는 법이오.
　　　다 끝나 지나가 버린 불운을 슬퍼함은
　　　불행을 더 질질 끌고 가는 짓이오.
　　　우리가 지켜 낼 수 없는 것을 운명이 앗아 갈 때
　　　인내심은 운명이 준 상처를 웃음거리로 만들어 버린다오.
　　　빼앗긴 자가 미소 지으면
　　　그 도둑으로부터 뭔가를 훔치는 것이 되지만,
　　　무익한 슬픔에 젖어 지내는 것은 스스로를 강탈하는 짓이오.
브라밴쇼　그럼 터키더러 사이프러스 섬을 강탈하라 하십시오.
　　　우리가 미소만 지으면 그것을 잃는 것이 되지 않겠군요.
　　　그 격언을 고이 간직할 수 있는 사람이란
　　　자기가 듣는 공짜 위로만을 지니는 자뿐입니다.
　　　슬픔의 대가를 치르기 위해
　　　가련한 인내심에 빚져야 하는 자는
　　　그 격언과 함께 슬픔도 지녀야 합니다.
　　　그 격언은 단맛 쓴맛 모두 강해서 말장난에 불과합니다.

결국 말은 말일 뿐, 말이 귀를 통해서 상처받은 가슴으로
들어갔다는 이야기를 저는 아직 들어 보지 못했습니다.
부디 이제 국사 논의에 들어가시길 바랍니다.

공작 지금 터키가 막강한 군비(軍備)를 갖추고는 사이프러
스 섬으로 향하고 있소. 오셀로 장군, 그곳의 요새를 그
대보다 더 잘 아는 사람은 없소. 비록 그곳에 아주 유능
한 대리 총독을 두고 있긴 하지만, 정책 결정에 가장 영
향력을 미치는 여론은 그대가 보다 더 안전한 사람이라
는 거요. 그러니 그대는 새로 얻은 행운[14]이 보다 준엄하
고 험난한 원정으로 빛을 잃더라도 그 임무를 맡아 주셔
야겠소.

오셀로 지극히 존귀하신 의원님들,
폭군 같은 습관은 저로 하여금
전쟁터의 돌과 강철로 된 제 침대를, 세 번 날려 가려낸
가벼운 솜털로 만든 침대처럼 느끼게 만들었습니다.
역경 속에서 타고난 순발력을 발휘하는 것이
제 천성임을 알기에,
이 터키와의 전쟁을 맡고자 합니다.
여러분께 엎드려 겸허히 간청합니다.
제 아내에게 적절한 대책을 마련해 주십시오.
그녀의 출신에 어울리는 거처와 하인들과 함께
그녀에게 걸맞은 장소와 수입원을 제공해 주십시오.

공작 그대가 원한다면 그녀의 부친 댁에 있게 하겠소.

14 데스데모나와의 결혼을 가리킨다.

브라밴쇼　　　　　　　　　　　　전 그리 못 하옵니다.

오셀로　저도 그리는 못 하옵니다.

데스데모나　저도 아버님 댁에 있고 싶지는 않습니다.
　제가 그곳에 있게 되면 저를 보실 때마다
　아버님의 심기가 불편하실 겁니다.　　　　　　　　　　　　245
　자비로우신 공작 각하,
　저의 솔직한 심정을 경청해 주시어
　저의 소청이 다소 우매하더라도 허락하여 주십시오.

공작　무슨 소청인지 말해 보아라.

데스데모나　제가 이 무어 장군님을 사랑하여　　　　　　250
　함께 살고자 했기 때문에
　제 과격하고 솔직한 성격과 운명을 비웃는 태도는
　온 세상에 다 알려졌을 겁니다.
　저는 제 낭군님의 군인다운 성품에 매료되었습니다.
　제가 본 것은 장군님의 마음이었으며　　　　　　　　　　255
　그의 명예와 용감한 자질들에 제 영혼과 운명을 바쳤습니다.
　그러하오니 존경하옵는 의원님들, 만약 제가 뒤에 남아
　평화의 나방으로 전락하고 장군님만 전장으로 나가시면
　저는 그를 사랑하는 의의를 박탈당하게 됩니다. 또 저는
　그 사이 사랑하는 이의 부재를 참아 내야 할 것입니다.　　260
　그러니 저도 장군님을 따라가도록 허락해 주십시오.

오셀로　부디 아내의 뜻대로 하게 해주십시오.
　제가 이렇게 간청하는 것은
　욕정의 구미를 충족시키기 위해서도 아니고

당연하면서도 정당한 성적 만족에 대한 265
제 젊은 열정에 부응해서도 아닙니다.
다만 아내의 소망에 관대하고 너그럽기 위해서입니다.
하늘에 맹세코, 아내와 함께 지낸다고 해서
제가 중차대한 국사를 소홀히 할 것이라고는
생각지 말아 주십시오. 아니, 날개 달린 큐피드의 270
날개 달린 경박스러운 장난감들,
즉 사랑의 화살에 맞아 올바르게 생각하고 행동하는
저의 기관들이 음탕한 탐닉에 빠지고,
쾌락에 빠져 할 일을 그르치게 된다면
아녀자들이 저의 투구를 냄비로 쓰게 하시고 275
온갖 부끄럽고 천한 불운들이 제 명예를 공격하게 하십시오.

공작 부인을 데려가든 두고 가든 마음대로 하시오.
다만 사태가 화급하니 신속히 대처해야 하오.

의원 1 그대는 오늘 밤에 떠나야 하오.

데스데모나 오늘 밤에요, 나리?

공작 　　　　　　　　　그렇소.

오셀로 　　　　　　　　　분부대로 하겠습니다. 280

공작 아침 9시에 이곳에서 다시 모이기로 합시다.
오셀로 장군, 병사 한 명을 남겨 두시오.
내 그자 편에 임명장을 보내겠소.
그대의 직급이나 자리에 관련된
기타 물건들과 함께 말이오.

오셀로 　　　　　　　　　각하, 제 기수를 남겨 두겠습니다. 285

그는 정직하고 믿음직스러운 자입니다.
제 아내도 그자가 데려오도록 하겠사오니
그 밖에 공작님께서 제게 보내실 것들을
그자를 통해 보내 주십시오.
공작 그리합시다. 모두 잘 주무시오.
그리고 고귀하신 브라밴쇼 경, 유덕한 자는
사람을 기쁘게 하는 미덕을 지닌다 했소. 그런 면에서
경의 사위는 검다기보다는 오히려 희다고 할 수 있겠소.
의원 1 잘 가시오, 용감한 무어 장군. 그녀를 잘 돌봐 주시오.
브라밴쇼 무어 장군, 그 애를 잘 지켜보게나.
아비를 속인 애이니 그대도 속일지 모르네.

(공작, 의원들, 병사들 퇴장)

오셀로 그녀의 절개에 내 목숨을 걸겠다!
정직한 이아고, 집사람을 자네에게 부탁해야겠네.
부디 자네 부인이 그녀를 보살피게 하고
가장 좋을 때 모셔 오게나.
자, 갑시다, 데스데모나. 그대와 사랑을 나누고,
자질구레한 문제들과 앞일에 대해 이야기를 나눌 시간이
이제 한 시간밖에 없구려. 시간을 엄수해야 하오.

(오셀로와 데스데모나 퇴장)

로더리고 이아고!
이아고 왜요, 나리?
로더리고 이제 나는 어떻게 하면 좋겠나?
이아고 그거야, 가서 주무셔야지요.

로더리고 당장 물에 빠져 죽어 버리겠네.

이아고 글쎄, 그런 짓을 하시면 더 이상 나리를 좋아하지 않을 겁니다. 왜 그러세요, 답답하신 나리?

로더리고 사는 게 고역일 때는 사는 것이 어리석은 짓이지. 죽음만이 우리를 치료해 줄 의사라면 죽는 것만이 유일한 처방이네.

이아고 끔찍한 소리 마십시오! 제가 이 세상을 7년의 네 배 동안이나 지켜보아 왔는데 득실을 분간할 수 있게 된 이래로, 자기 자신을 사랑하는 법을 아는 사람을 단 한 명도 보지 못했어요. 저라면 그런 창녀 같은 계집[15]에 반해 빠져 죽겠다고 하기보다는 차라리 개코원숭이가 되겠습니다.

로더리고 난 어찌해야 하겠나? 어리석은 사랑에 빠져 있는 것이 부끄러운 일인 줄은 알지만 이를 고칠 자질이 없네.

이아고 자질이라고요? 시시한 소리 마십시오! 사람이 이런 사람이냐 저런 사람이냐 하는 것은 다 우리 마음에 달린 겁니다. 우리의 몸뚱이가 정원이라면 우리의 의지는 정원사죠. 그래서 쐐기풀을 심든, 상추를 뿌리든, 박하를 심고 백리향을 뽑아 버리든, 한 가지 풀만 심든, 여러 가지를 심든, 게으름을 피워 불모지로 만들든, 근면해서 잘 가꾸든, 이런 것들을 좌지우지하고 바로잡을 수 있는 권능은 우리의 의지에 달려 있지요. 만약 우리 저울에

---

15 이아고는 베니스의 모든 여성을 성적으로 헤프다고 여긴다. 그는 데스데모나뿐만 아니라 자기 아내의 순결도 의심한다.

정욕의 저울판을 균형 있게 만들어 줄 이성의 저울판이
없으면, 우리의 본능 중 정욕과 천박함이 우리를 터무니
없는 결과로 몰고 갈 겁니다. 그러나 우리에게는 날뛰는
감정과 음욕의 자극과 끓어오르는 정욕을 식혀 줄 이성
이 있지요. 나리가 사랑이라고 부르는 것도 제가 보기엔
음욕의 곁가지이거나 어린 가지에 불과합니다.

로더리고 그럴 리가 없네.

이아고 그것은 피 끓는 욕정이요, 정욕에의 굴복에 불과한
겁니다. 자, 사내답게 구십시오. 물에 빠져 죽으시겠다
고요? 고양이나 눈먼 강아지나 익사시키십시오.[16] 나는
나리의 친구이니, 끊어지지 않는 단단한 줄로 나리를 매
어 두렵니다. 내가 지금처럼 나리에게 쓸모가 있는 때는
없었어요. 지갑에 돈이나 넣어 두십시오. 그리고 이번
전쟁에 종군하세요. 가짜 수염을 달아 얼굴을 위장하시
고, 다시 말하지만 지갑에 돈이나 챙기세요. 데스데모나
가 오랫동안 무어인을 사랑할 리가 없습니다 — 그러니
지갑에 돈을 챙기세요 — 오셀로도 마찬가지입니다. 그
들의 사랑은 격정적으로 시작했으므로 끝나는 것도 그
렇게 끝날 겁니다. 지갑에 돈이나 챙기세요 — 원래 무
어인들은 변덕스럽거든요 — 지갑에 돈이나 두둑이 채
워 두세요. 그자에게 지금은 캐럽[17]처럼 감미로운 음식

---

16 기형으로 태어나거나 원치 않았던 동물의 새끼를 물에 빠뜨려 죽이는 전통
이 있었다.
17 지중해가 원산지이며 시리아 등지에서 자라는 장미목 콩과의 관목. 열매는 달
고 즙이 많아 캔디로 먹거나 초콜릿 대신 카페인 없는 음식의 맛을 내는 데 쓰인다.

이 곧 콜로신스[18]처럼 쓴 것이 될 겁니다. 그자의 육체를 포식하여 물리게 되면, 그녀는 자신의 선택이 잘못되었음을 알게 될 겁니다. 그러면 마음이 변하겠죠. 분명히 그럴 겁니다. 그러니 지갑에 돈이나 챙겨 두세요. 만약 나리가 자신을 망치고 싶다면 물에 빠져 죽지 마시고 좀 더 근사한 방법으로 그렇게 하십시오. 할 수 있는 한 많은 돈을 마련하세요. 내 꾀와 지옥 악마들의 도움을 받아 떠돌이 야만인과 섬세하기 그지없는 베니스 여인 사이의 성스러운 결혼 의식과 허약한 서약을 깨는 것쯤은 그리 어려운 일이 아니니, 나리는 곧 그녀를 즐길 수 있게 될 것입니다. 그러니 돈을 마련하세요 — 물에 빠져 죽겠다는 소리 따윈 집어치우시고! 그녀를 갖지도 못하고 물에 빠져 죽을 바에야 차라리 실컷 즐기고 교수형을 당하는 편이 낫지요.

로더리고 내 소원을 꼭 이루어 주겠나?

이아고 저만 믿으세요 — 가서 돈을 마련하세요. 나리에게 종종 말했듯이 다시 말하지만, 전 무어 놈을 증오해요. 그 증오는 뼈에 사무쳤어요. 나리의 미움 또한 덜하지는 않지요. 연합해서 그자에게 복수합시다. 만약 그자를 오쟁이 지게 한다면 나리는 쾌락을 맛보게 되고 전 재미있는 구경거리를 보게 되는 거죠. 시간이라는 자궁 속에는 분만될 사건들이 많이 들어 있어요. 자, 가세요. 가서 돈

---

18 외(오이)과에 속하며 둥글고 황갈색을 띤, 오렌지만 한 열매가 열린다. 열매는 매우 쓰고 먹으면 복통과 신경통을 일으킨다.

을 마련하세요. 내일 더 의논하죠. 안녕히 가세요.
로더리고 내일 아침 어디에서 만날까?
이아고 저희 집에서 만나죠.
로더리고 일찍 가겠네.
이아고 좋아요, 안녕히 가세요. 제 말 아시겠죠, 로더리고 나리?
로더리고 무슨 말?
이아고 익사하겠다는 소리 따윈 그만두시라고요.
로더리고 마음이 바뀌었네.
이아고 안녕히 가세요. 지갑에 돈을 충분히 넣어 오세요.

(로더리고 퇴장)

이런 식으로 나는 언제나 바보를 내 돈주머니로 삼지.
나 자신의 재미와 이득을 도모하지 않고
저런 도요새와 시간을 낭비한다면
내 현실적인 지식을 모독하는 것이 되지.
나는 무어 놈이 정말 싫어.
사람들은 그놈이 내 이불 속에서
내가 할 일을 대신 했다고들 생각하지.
이것이 사실인지는 모르지만 이런 일에 있어서는
의심만 들어도 확실한 것처럼 보복을 해야 해.
그자는 나를 좋게 생각하기 때문에
내 뜻한 바를 그에게 행하기에 더욱 좋지.
그의 자리를 빼앗고, 내 뜻도 달성하기엔 캐시오가 딱이야.
생각 좀 해보자. 이중의 음모지. 그런데 어떻게, 어떻게 한다?
가만있자, 조금 지난 뒤에 오셀로의 귀에다

놈의 아내가 캐시오와 너무 친밀하다고 거짓말을 속삭이자. 395
캐시오는 인품이 있고 부드러운 태도를 지녔기 때문에
여인들을 부정하게 만들 수 있다고 의심받을 만하지.
무어 놈은 솔직하고 대범한 성품이라
겉으로만 정직한 척 굴면 진짜 정직하다고 생각하며,
코를 잡아끌면 나귀처럼 순순히 끌려올 거야. 400
그래, 바로 그거야. 이 끔찍한 일이 세상의 빛을 보게 하려면
지옥과 밤의 도움을 받아야 해. (퇴장)

제2막

제1장
(사이프러스 섬 항구, 선착장 근처 공터)

몬타노 총독이 두 신사와 함께 등장.

몬타노 저 갑(岬)에서는 무엇이 보이던가요?
신사 1 아무것도 보이지 않았습니다.
 높이 솟아오른 파도뿐, 하늘과 바다 사이에
 배 한 척 보이지 않았습니다.
몬타노 바람 소리는 육지에서도 요란했던 것 같습니다.
 이보다 더한 돌풍이 우리의 성벽을 흔든 적은 없었습니다.
 이런 돌풍이 바다에서 날뛰면 아무리 떡갈나무 용골[19]이라도
 산더미 같은 파도가 덮칠 때 이음 구멍에 붙어 있겠습니까?
 이와 관련하여 어떤 소식이 올까요?

---

19 배 밑의 중심선을 선두에서 선미까지 꿰뚫는 나무로, 배의 세로 강도를 맡는 중요한 부분이다.

신사 2 터키 함대가 분열됐다는 소식이 올 겁니다.   10
그건 파도 사나운 해안가에 서면 아실 겁니다.
노호하는 파도가 구름을 공격하는 듯 보이고
바람을 뒤흔들며 몰려오는 거대한 갈기 같은 물결이
반짝이는 작은곰자리에 물을 끼얹어
북극성을 호위하는 별들의 불을 끄려는 것 같았습니다.   15
성난 바다 위에서 이렇게 날뛰는 모습을
저는 처음 봅니다.

몬타노   만약 터키 함대가
항만으로 대피하지 않았다면 다 가라앉았을 터.
이런 풍랑을 견디기란 불가능한 일입니다.

신사 3 등장.

신사 3 여러분, 새로운 소식입니다. 이제 전쟁은 끝났어요.   20
강력한 폭풍이 터키 함대를 강타하여
그들의 시도를 막았습니다.
터키 함대 대부분이 처참하게 파손되고 수난당한 것을
베니스에서 온 배가 보고 왔습니다.

몬타노   뭐요? 그게 사실입니까?
신사 3 그 배가 입항했습니다. 그 배는 베로나의 배로,   25
용감한 무어인 오셀로 장군의 부관
마이클 캐시오가 상륙했습니다.
무어인 장군께서는 아직 항해 중이신데

이곳 사이프러스의 총독으로 임명되었다고 합니다.
몬타노 기쁜 소식이구려. 그분은 훌륭한 통치자이십니다. 30
신사 3 허나 캐시오는 터키 함대의 파멸을 위안 삼으면서도
걱정스러운 얼굴로 무어 장군이 무사하기를
기원하고 있습니다. 험하고 격렬했던 폭풍으로 인해
서로 헤어졌다고 합니다.

캐시오 등장.

몬타노 부디 그분이 무사하시기를 빕니다.
나는 그분 밑에서 복무한 적이 있는데 35
그분은 완벽한 군인답게 지휘를 하셨죠.
바닷가로 가봅시다! 이미 입항한 배도 보고
바다와 하늘이 맞닿아 식별할 수 없는 수평선 너머까지
용감한 오셀로 장군의 배를
찾아봅시다.
신사 3 자, 그리합시다. 40
배들이 속속
도착할 것입니다.
캐시오 이 귀중한 섬의 용사 여러분, 무어 장군님을
호평해 주시다니 감사합니다. 하느님의 도움으로
그분이 폭풍에서 살아남으시기를 바랍니다. 45
저는 위험한 바다 위에서 장군님과 헤어지고 말았습니다.
몬타노 장군님의 배는 튼튼한가요?

제2막 제1장 **51**

캐시오 장군님의 배는 튼튼한 목재로 건조되었고
 선장은 전문가로 정평이 난 사람입니다.
 그래서 걱정이 남아 있기는 하지만
 그분이 무사하리라는 저의 희망은 굳건합니다.
   (안에서 〈배다, 배, 배가 온다〉라고 고함친다)

전령 등장.

캐시오 웬 소란인가?
전령 온 시가지는 텅 비고 바닷가에 사람들이 다 모여
 〈배가 온다!〉 하고 외치고 있습니다.
캐시오 장군님의 배인 것 같습니다.   (대포 소리)
신사 2 예포를 발사하는 것을 보니
 어쨌든 우군의 배이군요.
캐시오   그리로 가서
 누가 도착했는지 알아봐 주십시오.
신사 2 그렇게 하겠습니다.   (퇴장)
몬타노 그런데 부관, 장군께서는 장가를 드셨소?
캐시오 운수 대통하셨습니다. 그분은 말로 표현할 수 없고
 그 어떤 찬사로도 부족한 규수를 맞이하셨습니다.
 제아무리 재간 있는 시인의 한껏 꾸민 묘사도
 그에 미칠 수 없으며, 타고난 자태에
 온갖 탁월함을 지니신 분입니다.

　　　　　　　　　　신사 2 등장.

　　　　　　　　　　　　그래, 누가 입항했습니까?　65
신사 2　장군님의 기수인 이아고가 도착했습니다.
캐시오　그 사람 운 좋게도 빨리 도착했군요.
　보이지 않게 물속에 숨어 죄 없는 배들을 좌초시키는 폭풍도,
　높은 파도와 울부짖는 바람도, 도랑을 만드는 암초들도,
　모래 더미도 아름다운 것을 식별하는 감각을 지녀　70
　그들의 본성을 드러내지 않고
　천사 같은 데스데모나 님을
　무사통과시켰군요.
몬타노　　　　　　그분이 누구요?
캐시오　제가 말씀드린, 우리 위대한 장군님의 장군님입니다.
　그분의 호위를 용감한 이아고에게 맡겼거든요.　75
　그런데 예상보다 일주일이나 일찍 이곳에 도착한 것입니다.
　위대하신 주피터 신이여, 오셀로 장군을 보살펴 주시고
　당신의 강력한 입김으로 그분의 돛을 부풀리어
　그분이 거대한 배를 이끌고 이 만에 도착하여
　한시바삐 데스데모나 님의 품에 안기게 하소서.　80
　꺼진 우리의 사기에 새로운 불을 지펴 주시고
　온 사이프러스 섬에 위안을 가져다주소서 ―

　　　　데스데모나, 이아고, 에밀리아, 로더리고 등장.

                              오, 보시오.
저 배의 보물이 상륙하셨습니다!
사이프러스 주민들이여, 저분께 무릎 꿇어 인사하시오.
부인, 어서 오십시오! 그리고 하느님의 은총이   85
부인의 앞과 뒤, 그리고 사방에서 부인을
에워싸기를 빕니다!

데스데모나   감사합니다, 용감한 캐시오 님.
저의 낭군님에 대한 소식은요?

캐시오 아직 도착하지 않으셨고 아무 소식도 모릅니다만,
장군님께서는 곧 무사히 도착하실 겁니다.   90

데스데모나 아, 하지만 걱정이……. 어쩌다 서로 헤어졌나요?

캐시오 바다와 하늘이 일대 격전을 벌이는 통에
서로 헤어지게 되었습니다.

                    (안에서 〈배다, 배〉라고 고함친다)
                    아, 들어 보십시오! 배가 왔답니다!
                                        (대포 소리)

신사 2 이 성채를 향해 예포를 쏘는군요. 이번에도
우군의 배입니다.

캐시오   사람들 소리를 들으니 그런 것 같습니다.   95
기수, 어서 오시오. (에밀리아에게) 어서 오세요, 부인.
내가 좀 지나쳐 보이더라도 너그럽게 참아 주시오, 이아고.
대담하게 예의 표시를 하는 것이
타고난 천성이라서.   (에밀리아에게 입 맞춘다)

이아고 부관님, 제 아내가 제게 지껄이는 만큼   100

입술을 내어 드린다면, 부관님도 금방
질리실 겁니다.

데스데모나 세상에, 에밀리아는 말이 없는 사람이에요.

이아고 천만에요!
저 여잔 말이 너무 많습니다. 제가 잘 알지요.
제가 잠이라도 잘라치면 항시 그녀는 재잘거립니다.
지금은 부인 앞이라 혀를 가슴속에 넣어 두고
머릿속으로만 저를 야단치고 있지요.

에밀리아 그런 말을 할 근거가 없을 텐데요.

이아고 왜 이래? 당신은 바깥에서는 그림처럼 조용하지만
집에서는 벨 소리처럼 시끄럽잖아. 부엌에선 살쾡이 같고,
해를 끼칠 땐 성인군자처럼 굴면서 당할 땐 악마처럼 굴지.
집안일엔 농땡이만 피우면서 아내 본연의 모습을 보이는 건
잠자리에서뿐이지.

데스데모나 오, 세상에, 저렇게 중상을 하다니!

이아고 아니, 사실입니다. 아니면 제가 터키 놈이죠.
당신은 일어나선 놀기만 하고 침대에서나 바지런하잖아.

에밀리아 당신에게 내 칭찬을 써달라고는 안 해요.

이아고 제발 그런 짓은 시키지 마.

데스데모나 나를 칭찬해야 한다면 뭐라고 쓰시겠어요?

이아고 부인, 제게 그런 일을 시키지 마십시오.
전 남을 헐뜯는 것밖에 못 하니까요.

데스데모나 어서 해봐요. 누가 부두로 갔나요?

이아고 네, 부인.

데스데모나 (방백) 별로 기분이 좋지 않지만
아무렇지 않은 척 불안한 내 모습을 숨겨야지.
자, 어떻게 나를 칭찬하시겠어요?

이아고 해보려는데요, 새잡는 끈끈이가 거친 모직에서
쉽게 떨어지지 않듯이, 머릿속에서 좋은 아이디어가
좀처럼 나오지 않습니다. 제 뇌를 통째로 잡아 뽑는군요.
하지만 나의 뮤즈가 애를 써서, 이제 생각이 났습니다.
만약 여자가 예쁘고 재치 있으면, 즉 재색을 겸비하면,
미모는 써먹어야 하니 재치가 미모를 이용하지요.

데스데모나 멋진 찬사로군요! 못생기고 재치 있는 여자는요?

이아고 여자가 못생겼는데 재치가 있으면
자신의 추함을 날려 버릴 멋진 남자를 찾을 겁니다.

데스데모나 점점 고약해지는군요.

에밀리아 예쁜데 바보 같으면요?

이아고 예쁜 여인은 바보 같을 수가 없어.
왜냐하면 멍청함조차 상속자를 낳도록 도와주거든.

데스데모나 이런 말은 술집에서 멍청이들이나 웃기는 낡아
빠진 역설이에요. 못생기고 바보인 여자는 어떤 끔찍한
칭찬을 듣나요?

이아고 그런 여인은 없습니다. 못생긴 여인도
예쁘고 재치 있는 여자들처럼 재미 볼 건 다 보거든요.

데스데모나 오! 최악을 최선이라 칭찬하다니 정말 너무나 무
지하군요! 하지만 만일 진정 칭찬받을 만한 여자가 있
다면 그런 여자에게는 어떤 칭찬을 하겠어요? 너무나

훌륭해서 악의를 가진 자조차도 인정하지 않을 수 없는 그런 여인 말이에요.

이아고 아름답고나 거만하지 않고
말주변이 좋으면서도 시끄럽지 않고
돈이 없는 것이 아니면서도 옷차림이 요란하지 않고   150
욕망의 유혹을 피했으면서도
〈그럴 수도 있지요〉라 말하고
화를 당하고 복수할 수 있음에도
당한 불의를 참고 불쾌감을 날려 보내는 여인,
대구 머리를 연어 꼬리와 바꾸지 않는 지혜로운 여인,   155
다 생각하고 있으면서도 마음을 내보이지 않는 여인,
쫓아다니는 구혼자들을 돌아보지도 않는 여인,
이런 여인이 있다면 그런 여인은 —

데스데모나 그런 여인들은요?

이아고 아이에게 젖이나 빨리고 시시한 가계부나 적죠.   160

데스데모나 오, 그건 정말 말도 안 되는 결론이네요. 에밀리아, 당신의 남편이지만 그의 말을 곧이듣지는 말아요. 캐시오 님의 의견은 어때요? 너무나 불경스럽고 제멋대로인 상담자 아닌가요?

캐시오 직설적인 면이 있습니다만, 그가 학자가 아니라 군인   165
임을 생각하시면 더 즐기실 수 있을 겁니다.

이아고 (방백) 저자가 그녀의 손을 잡는군. 그래, 잘하는 짓이다. 속삭여라. 이처럼 작은 거미줄로 캐시오 같은 큰 파리를 잡는 거다. 그래, 그녀에게 미소 지어, 미소 지으

라고. 바로 네놈의 그 예절을 이용하여 네놈을 사로잡을
테다. 네놈의 말이 맞아. 정말 그래. 만약 이와 같은 술수
들이 네놈의 부관직을 박탈한다면 그 세 손가락에 그처
럼 자주 입 맞추지 말걸 하고 후회할 게다. 또 그 은근한
예절 표시를 하고 싶어 좀이 쑤시는 모양이구나. 좋았
어, 입맞춤 한번 잘했다! 근사한 예절 표시지! 그래, 그렇
다니까. 또 손가락들을 입술에 가져다 대? 그것들이 너
의 관장기면 좋겠구나.　　　(안에서 나팔 소리가 울린다)
무어 장군님이십니다! 장군님의 나팔 소리입니다!

캐시오　　　　　　　　　　　　　　　　　　맞습니다.

데스데모나　그분을 맞이하러 가요.

　　　　　오셀로와 수행원들 등장.

캐시오　　　　　　　　　　　　보세요, 오고 계십니다!

오셀로　오, 내 아름다운 전우여!

데스데모나　　　　　　　　　　사랑하는 오셀로 님!

오셀로　나보다 먼저 여기 와 있는 것을 보니
　기쁘기도 하고 놀랍기도 하구려.
　오, 내 영혼의 기쁨! 만약 폭풍이 한 번 지나갈 때마다
　이와 같은 평온이 온다면, 바람아 불어 다오.
　죽은 사람들을 깨울 때까지라도.
　그리고 힘들게 움직이는 배가 올림푸스 산만큼 높은
　바다 물결에 올라갔다가 하늘에서 지옥으로 떨어지듯이

다시 떨어지게 하라. 지금 죽어도 여한이 없을 것 같소.
내 영혼이 이 순간 너무도 만족하고 있기에 말이오.
미지의 운명에서는 이와 같은 행복이   190
다시는 없을 것 같소.

데스데모나   날이 갈수록
우리의 사랑과 만족감이 증가하지 않는 것은
하늘이 허락지 않으실 겁니다.

오셀로   인자한 신들이여, 그리하소서!
이 만족감을 표현할 수가 없구려.
너무 기뻐 가슴이 벅차오.   (키스한다)   195
이렇게, 이렇게 하는 것이 우리의 심장이 만들어 내는
최대의 불협화음이 되게 하소서!

이아고 (방백) 아, 지금은 가락이 잘 맞는구나!
하지만 이 화음을 내는 현들을 틀어 주마.
내 충직함만큼이나 분명히.

오셀로   자, 성으로 갑시다.   200
여러분, 새로운 소식이 있소. 우리의 전쟁은 끝났소.
터키인들은 모두 바다에 빠졌소.
이 섬에 있는 내 옛 친구들은 별고 없소?
여보, 당신은 사이프러스 섬에서 환대를 받을 거요.
나도 이 섬사람들에게서 대단한 대접을 받았었지.   205
오, 내가 실없이 지껄이고 있군.
마냥 행복에 겨워 제정신이 아니오.
미안하지만 이아고, 부두로 가서 내 짐들을 배에서 내리고

선장을 성채로 데려오게나. 그분은 훌륭한 선장으로
큰 존경을 받아 마땅하네. 자, 데스데모나,
다시 말하지만 사이프러스 섬에서 만나 기쁘오.

(이아고와 로더리고만 남고 모두 퇴장)

이아고 곧 항구에서 뵙겠습니다. (로더리고에게) 이리 와보세요. 천하디천한 자도 사랑에 빠지면 타고난 본성 이상으로 고귀함을 지니게 된다는 말이 있는데, 만약 나리가 용감하신 분이라면 내 말을 들어 보세요. 캐시오는 오늘 밤 초소에서 야간 경비를 설 겁니다. 우선 이것부터 말씀 드릴게요. 데스데모나가 분명 그자에게 반해 있습니다.

로더리고 캐시오에게! 아니, 그럴 리가.

이아고 나리의 손가락을 이렇게 갖다 대고 정신 차려 제 말을 들어 보세요. 그녀가 처음에 무어 놈의 허풍과 꾸며낸 거짓말을 듣고 그를 얼마나 열렬히 사랑했는지 생각해 보세요. 데스데모나가 언제까지나 그런 허풍 때문에 그자를 사랑할 것 같아요? 분별력이 있는 분이라면 그렇게 생각하면 안 되지요. 그녀도 눈요기를 해야 할 것 아니겠습니까? 도대체 그 악마 같은 모습을 보고 무슨 기쁨을 얻겠어요? 욕정이 사랑 놀음으로 시들해질 때 그것에 다시 불을 지피고 물린 정욕에 새로운 색욕을 주기 위해서는 모름지기 얼굴이 잘생기든가 나이, 태도, 모습이라도 어울려야 하는데 무어 놈에게는 도대체 이런 게 하나도 없단 말입니다. 이러한 사랑의 필수 조건들이 없기 때문에 그녀의 섬세한 감정은 스스로 사기당

했다 생각하여 역겨움을 토로하고 그 무어 놈을 혐오하고 증오하기 시작하게 될 테지요. 그녀는 본능에 이끌려 두 번째 선택을 하게 될 겁니다. 자, 나리, 그렇다면 이 행운에서 과연 누가 캐시오만큼 두각을 나타내겠어요? 이건 아주 그럴싸한 이야기이며 절대 무리한 논리가 아닙니다. 그자는 말도 아주 잘하고, 감추어진 추잡한 호색성을 보다 더 잘 충족시키기 위해 겉으로만 예의 바르고 인간적인 체할 뿐 그 이상의 양심은 없는 놈입니다. 아주 세련되고 유들유들한 놈이요, 기회 포착의 명수인데다, 적절한 기회가 저절로 생기지 않으면 가짜 기회를 날조해 낼 수 있는 눈을 가진 놈입니다. 게다가 그놈은 미남인 데다 젊어서 어리석고 미숙한 여인들이 쫓는 필수 조건들을 모두 갖추고 있어요. 이토록 철저히 완벽한 놈이어서, 그 여자는 이미 그자에게 눈독을 들이고 있다고요.

로더리고 신성하기만 한 그녀에게 그런 면이 있다는 것을 믿을 수가 없네.

이아고 신성은 무슨 얼어 죽을 놈의 신성입니까? 그녀가 마시는 포도주도 포도로 만든 겁니다. 만약 그녀가 신성하다면 무어 놈 따위를 사랑하지도 않았을 겁니다. 나리는 그 여자가 그놈의 손바닥을 만지작거리는 거 못 봤습니까?

로더리고 그거야 보았지만 그건 예의상 그랬을 뿐이지.

이아고 이 손을 걸고 맹세하지만 욕정 때문이었어요. 이건 욕정의 역사와 사악한 정념의 이야기의 서막입니다. 그들이 입술을 너무 가까이 맞대어 그들의 숨결은 서로를 포옹했어요. 이 친밀감이 이대로 가다간 곧 본 행사, 즉 육체의 결합으로 진행될 것입니다. 하지만 나리는 제 말대로만 하면 됩니다. 제가 나리를 베니스에서 모셔 오지 않았습니까. 오늘 밤에 야경을 서세요. 나리가 할 일에 대해서는 제가 일러 드릴게요. 캐시오는 나리를 몰라요. 제가 나리 곁에서 멀리 떨어져 있지 않을 테니 나리는 어떤 구실이든 만들어 캐시오를 화나게 하세요. 지나치게 크게 소리를 치든가 그자의 규율을 어기든가, 아무튼 나리 마음에 드는 방식으로, 상황에 따라 보다 손쉬운 방법으로 말이에요.

로더리고 글쎄.

이아고 나리, 그자는 경솔하여 갑작스레 화를 낼 것이고 어쩌면 지휘봉으로 나리를 때릴지도 모릅니다. 그자가 그렇게 하도록 시비를 거세요. 그걸 이용해서 전 사이프러스 섬 사람들이 소동을 벌이게 할 테니까요. 이들의 소동을 진정시키려면 캐시오를 파면하는 길밖에는 없을 거예요. 그러면 나리는 제가 그 후에 취할 방법에 의해 좀 더 욕정을 채우게 될 것이고, 장애물은 가장 실속 있게 제거될 것입니다. 그렇게 하지 않고서는 우리의 성공을 기대할 수 없어요.

로더리고 내 그리해 보도록 하겠네. 자네가 기회만 만들어 준다면 말이야.

이아고 그건 보장합니다. 잠시 뒤에 성채에서 만나죠. 전 지 280
  금 장군의 짐을 배에서 내려야 하거든요. 안녕히 가세요.
로더리고 잘 가게나.   (퇴장)
이아고 캐시오는 분명 그녀를 사랑하고,
  그녀가 그를 사랑하는 것도 거의 확실해.
  무어 놈은, 비록 난 그놈이 싫긴 하지만   285
  변함없고 고결하고 애정이 많은 사람이지.
  데스데모나에게 아주 훌륭한 남편임이 분명해.
  그런데 나도 그 여자에게 반해 있거든.
  하지만 꼭 욕정 때문만은 아니야 — 물론 나라고
  그런 큰 죄를 품지 말라는 법은 없지만 —   290
  어느 정도는 무어 놈에게 복수를 해주고 싶어서이지.
  아무래도 음탕한 무어 놈이
  내 이부자리에 뛰어들었다는 의심이 들거든.
  이 생각이 독약처럼 내 오장육부를 갉아먹는 듯한데
  아내를 아내로 복수함으로써 피장파장이 되지 않고서는   295
  내 마음이 절대 만족하지 못할 것 같단 말이야.
  만약 그렇게 못 한다면 적어도 무어 놈에게
  분별력으로는 막을 수 없는 강한 질투심을 심어 놓을 테다.
  이 일을 성사시키려면
  조속한 사냥을 위해 쓰레기통에서 뒤져 낸   300
  이 형편없는 베니스인을 부추기기만 하면 돼.
  그러면 마이클 캐시오를 마음대로 주무를 수 있게 되지.
  그놈에 대해 가장 혹심한 중상모략을 무어 놈에게 하는 거다.

아무래도 캐시오 놈도 내 수면 모자를 쓴 것 같거든.[20]
그러면 무어 놈은 내가 저를 형편없는 바보로 만들고
평화롭고 조용한 마음을 미치게 만든 대가로
내게 감사하고, 나를 좋아하고, 내게 상까지 줄 거야.
묘안은 여기 들어 있는데 아직 정리가 덜 되었어.
악행이란 실행될 때까지는 진면목을 보이지 않는 법이지.

(퇴장)

제2장
(같은 장소)

한 전령이 포고문을 낭독하면서 등장.

전령 우리의 고결하고 용감하신 장군님의 뜻을 전합니다. 장군님께서는 방금 터키 함대가 완전히 파멸됐다는 소식을 듣고, 모두들 승리를 축하하고 즐기라고 하셨습니다. 춤을 추든지, 모닥불을 피우든지, 각자 하고 싶은 대로 놀고 먹고 마시라 하셨습니다. 이는 이런 희소식 외에도 장군님의 결혼을 축하하기 위함입니다. 장군님께서는 매우 기뻐 본 포고령을 내리시게 되었습니다. 음식과 음료가 저장되어 있는 방들은 모두 개방되어 있으며

---

20 이아고는 오셀로뿐 아니라 캐시오도 자기 아내와 잠자리를 했다고 의심하고 있다.

5시인 이 순간부터 11시를 알리는 종이 칠 때까지 마음
대로 먹고 마실 수 있습니다. 하느님이 사이프러스 섬과
우리의 고결한 오셀로 장군님을 축복해 주시기를!

(퇴장)

제3장
(성 안의 한 방)

오셀로, 캐시오, 데스데모나 등장.

오셀로 마이클, 오늘 밤 경비를 맡아 주게나.
 즐겁게 먹고 즐기되
 지나치게 도를 넘어서지는 말게.
캐시오 이아고에게 할 일을 지시해 놓았습니다.
 그렇지만 저도 직접
 살피겠습니다.
오셀로 이아고는 아주 성실한 자이지.
 마이클, 좋은 밤 되길 비네.
 내일은 자네가 준비되는 대로 일찍 이야기 좀 나누세.
 자, 내 사랑, 물건을 구입하면 그 결실이 뒤따라야 하는 법.
 아직 당신과 나 사이에는 결실이 맺어지지 않았소.
 잘 자게나! (오셀로와 데스데모나 퇴장)

이아고 등장.

캐시오 어서 오게나, 이아고. 우리가 야경을 서야겠네.
이아고 아직 그럴 필요 없습니다, 부관님. 아직 10시도 안 되었어요. 장군님께서는 부인과의 사랑을 위해 이렇게 일찍 우리를 놓아주셨으나 그것은 탓할 일이 못 되죠. 아직 부인과 첫날밤도 지내지 못하셨으니까요. 그런데 부인은 주피터 신에게도 어울릴 만한 상대 아닙니까?
캐시오 정말 아름다운 여인이오.
이아고 분명 사랑 놀음에도 능하실 겁니다.
캐시오 부인은 정말 싱그럽고 섬세한 분이지.
이아고 눈매는 또 어떻고요! 마치 사람을 자극하는 소리를 내는 듯하지 않습니까?
캐시오 사람의 마음을 끌긴 하지만 아주 정숙한 눈이지.
이아고 그분이 말씀하시면 그건 사랑을 부르는 경종이 됩니다.
캐시오 정말 완벽한 분이네.
이아고 어쨌든 그분들의 이부자리 속에 행복이 깃들기를! 자, 부관님, 제게 술 한 병이 있고 밖에는 오셀로 장군님을 위해서 건배할 두 명의 사이프러스 용사들이 있습니다.
캐시오 이아고, 오늘 밤에는 안 되겠네. 나는 술에 아주 약해서 조금만 마셔도 정신을 못 차려. 그것 말고 다른 종류의 환대 관습을 생각해 냈으면 좋겠네.
이아고 아, 그들은 제 친구입니다. 그러니 딱 한 잔만 드세요. 나머지는 제가 대신 마시겠습니다.

캐시오 오늘 밤 딱 한 잔 마셨네만. 그것도 현명하게 물을 35
타서 말일세. 그런데 보라고, 그것이 지금 여기서 어떤
변화를 일으키고 있는지. 불행히도 이렇게 술에 약하니
더 이상 내 약점에 부담을 줄 수가 없네.

이아고 원, 사나이가 왜 이러십니까? 축제의 밤 아닙니까.
한량들이 기다리고 있습니다. 40

캐시오 그들이 어디에 있나?

이아고 여기 문간에 있습니다. 제발 그들을 불러들이세요.

캐시오 그렇게 하겠네만 내키지 않는군. (퇴장)

이아고 만약 저자로 하여금 한 잔만 받아 마시게 한다면
오늘 밤 이미 마신 것도 있고 하니, 젊은 정부의 개처럼 45
온통 시비를 걸고 실수를 하게 될 것이다.
상사병에 걸린 바보 로더리고는
사랑으로 정신이 나가 모든 것을 거꾸로 알고 있고,
이미 반 갤런[21]의 술로 데스데모나를 위한 축배를 들었는데
그자도 오늘 밤 파수를 보게 되어 있지. 50
명예를 소중히 여기는 나머지
사람들이 접근조차 못 하게 하는 오만한 귀골들인
사이프러스의 세 젊은이, 이 전운 감도는 섬의 알짜들에게도
나는 넘치는 술잔들로 술이 오르도록 해놓았는데,
그들도 파수를 보고 있어. 잔뜩 술 취한 이 무리 속에서 55
캐시오가 섬사람들이 못마땅하게 여길 만한 짓을

---

21 1갤런이 약 3.785리터이므로, 반 갤런이면 2리터에 약간 못 미치는 양이다.

제2막 제3장 **67**

저지르도록 하겠다.

　　　　　　캐시오, 몬타노 등 등장.

　　　　　　저기들 오는군.
바람과 조류도 때마침 맞으니, 생각대로만 된다면
내 배는 순탄하게 항해할 것이다.
캐시오 정말 벌써 한 잔 받아 마셨다니까요.
몬타노 정말 작은 잔이오. 군인으로서 말하는데
5백 밀리리터도 안 된다니까.
이아고 이봐, 술 좀 가져와! 　　　　　　(노래한다)
　　술잔을 부딪치자, 쨍그렁, 쨍그렁,
　　술잔을 부딪치자, 쨍그렁, 쨍그렁
　　군인도 인간인데
　　인간의 목숨 한순간일 뿐
　　그러니 군인이라고 안 마실쏘냐.
　이봐, 술 좀 가져오라고!
캐시오 정말 멋진 노래군.
이아고 이 노래를 영국에서 배웠는데요, 그곳 사람들은 정말 술 마시는 솜씨가 대단합니다. 덴마크인이든, 독일인이든, 배가 불룩한 네덜란드인이든 — 자, 마셔요 — 그래 봐야 영국인들과는 비교가 안 됩니다.
캐시오 영국 사람들이 그렇게 술을 잘 마시나?
이아고 그 사람들은 어찌나 술을 잘 마시는지 덴마크인들을 곯아떨어지게 만들고, 독일인들을 땀 한 방울 흘리지 않고 눌러 버리고, 네덜란드인들은 다음 잔을 채우기도 전에 토하게 만듭니다.

캐시오 장군님을 위해 건배!

몬타노 좋소, 부관! 나도 응분의 양을 마시리라.

이아고 오, 멋진 영국이여!　　　　　　　　　(노래한다)

　　스티븐 임금님은 훌륭하신 임금님,
　　바지 값이 1크라운일 뿐인데
　　6펜스나 더 비싸다며
　　양복쟁이를 나쁜 놈이라 부르셨지.
　　그분은 지체 높은 분이시고
　　그대는 하찮은 존재.
　　나라를 망치는 것은 비싼 옷을 입는 오만이니
　　모름지기 헌 옷을 입을지어다.

　이봐, 술 좀 가져오라고!

캐시오 이런, 이번에 부른 노래는 조금 전 것보다 더욱 근사하군.

이아고 한 번 더 들어 보시겠어요?

캐시오 아니, 나는 노래나 불러 대는 자는 자기의 자리에 합당하지 않다고 여기네. 하느님이 모두 내려다보고 계시거든. 구원받아야 할 사람이 있는가 하면, 구원받아서는 안 될 사람도 있지.

이아고 그건 맞는 말씀입니다. 부관님.

캐시오 나로 말할 것 같으면, 장군님이나 기타 어느 높은 어른에게도 욕되는 짓을 안 했으니 구원받을 걸세.
이아고 그건 저도 마찬가지입니다, 부관님.
캐시오 그래. 허나 미안하지만 나보다 먼저는 안 되네. 부관이 기수보다는 먼저 구원받아야 하지 않겠나. 이런 얘긴 이제 그만하고 임무로 돌아가세. 하느님, 저희의 죄를 용서하소서! 여러분, 각자 직무를 수행합시다. 여러분, 내가 취했다고 생각하지 말아요. 이 사람은 나의 기수이고, 이것은 내 오른팔이고, 이것은 내 왼팔이오. 난 취하지 않았소. 제대로 설 수도 있고, 제대로 말도 하지 않소?
일동 예, 아주 훌륭하십니다.
캐시오 그래, 그렇다면 아주 좋소. 내가 취했다고 생각하면 안 되오. (퇴장)
몬타노 이보게들, 초소로 가세. 자, 야경을 서러 가자고.
이아고 여러분, 방금 전에 나간 분 보셨지요?
시저 옆에 서서 지휘해도 될 만한 군인이지요.
허나 그의 단점을 보십시오.
그것은 그의 미덕과 맞먹어 막상막하가 되지요.
참 안됐어요.
그의 이런 결함 때문에
오셀로 장군님이 그분에게 두고 있는 신망이
언젠가 이 섬을 흔들어 놓을까 염려가 됩니다.
몬타노 종종 저러는가?
이아고 저러다가 곧 곯아떨어지지요.
평소에는 시곗바늘이 두 번 돌아가도록

잠을 자지 않습니다.

몬타노 이 사실을
장군님께 말씀드리는 게 좋겠네.   125
어쩌면 장군님이 이런 점을 보지 못하거나
착하셔서 캐시오의 미덕만을 높이 평가하시고
그의 결점들은 간과하실 수도 있으니, 안 그런가?

　　　　　　　　　로더리고 등장.

이아고 (로더리고에게 방백) 여긴 왜 오세요!
부관 뒤를 따라가라고요, 어서!　　　　　　　(로더리고 퇴장)   130
몬타노 이것 참 안된 일이군. 고결한 무어 장군님께서
이와 같은 고질적인 결함을 지닌 사람을
2인자 자리에 앉히는 모험을 하시다니.
장군님께 사실대로 아뢰는 것이 정직한
행동이었소.
이아고 이 아름다운 섬을 다 준대도 그렇겐 못 합니다.   135
저는 부관님이 좋아요. 어떻게든 결함을 고쳐 주고 싶습니다.
　　　　　　　(안에서 〈사람 살려!〉라고 고함친다)
그런데 쉿, 이게 무슨 소리죠?

　　　　　　　캐시오가 로더리고를 쫓아 등장.

캐시오 이 나쁜 자식, 이 불한당 같은 놈!

몬타노 무슨 일이오, 부관?

캐시오 이 못된 녀석, 이래라저래라 날 가르치려 들다니! 내 이놈을 두들겨서 짚 망에 넣은 술병처럼 만들 테다.

로더리고 날 때리시겠다?

캐시오 그래도 주둥일 놀려, 이놈이? (때린다)

몬타노 도대체 왜 이러는 거요, 부관? 부탁이니 제발 손을 내리시오.

캐시오 이거 놔. 안 그러면 당신 머리통을 부숴 버릴 테니.

몬타노 자, 자, 취했소.

캐시오 취했다고? (둘이 싸운다)

이아고 (로더리고에게 방백) 나가서 난리 났다고 소리 질러요.

(로더리고 퇴장)

참으세요, 부관님. 제발, 나리들도요!
도와주게, 이보게들! 부관님! 몬타노 총독님!
도와주게, 이보게들! 야경 한번 잘 선다! (종이 울린다)
어떤 놈이 종을 치는 거야? 나쁜 놈, 야!
온 시내가 다 깨겠네. 부관님, 제발 참으세요.
영원히 수칫거리가 됩니다.

오셀로와 신사들이 무기를 들고 등장.

오셀로 이 무슨 일이냐?

몬타노 젠장, 아직도 피가 나네.
치명적인 상처를 입었습니다.

오셀로　　　　　　　　　죽기 싫거든 모두 멈춰라!

이아고　그만들 하세요, 그만! 부관님도, 몬타노 총독님도.
모두 사회적 지위도, 책무도 잊으셨어요? 그만들 두세요!
장군님이 말씀하시잖아요? 그만해요, 그만. 부끄럽게시리.　160

오셀로　아니, 도대체 어쩌다 이런 일이 벌어진 게냐?
터키 이교도 놈들로 변하기라도 한 거냐? 하느님께서
터키 놈들에게 못 하게 하신 일을 우리끼리 저지르는 거냐?
야만인처럼 싸우다니 기독교인의 수치로다.
이제부터 성미를 부리려고 꼼짝이라도 하는 자는　　　　　165
자기 영혼을 가벼이 여기는 자이다. 움직이면 죽을 줄 알라.
저 시끄러운 종 좀 그만 치게 하라. 조용한 섬사람들이 놀라
평온함이 깨질까 두렵다. 두 양반, 어찌 된 일이오?
정직한 이아고, 속상해 죽을 것 같아 보이는데 말해 봐라.
누가 먼저 시비를 걸었느냐? 네 충성심에 명령한다.　　　170

이아고　저도 모르겠습니다.
방금 전까지, 바로 지금까지도 사이좋은 친구였고,
잠자리에 들려고 옷을 벗은 신랑 신부처럼 다정했습니다.
그런데 바로 지금 어떤 별에게 정신을 빼앗기기라도 한 듯
칼을 뽑아 피의 대결을 벌여 서로의 가슴을 찔렀습니다.　　175
저는 이 불쾌한 싸움이 어떻게 시작되었는지
말씀드릴 수가 없습니다.
이 싸움판에 나를 데려온 이 두 다리를 차라리
전쟁터에서 명예롭게 잃었더라면 좋았을 것을!

오셀로　어찌 된 건가, 마이클? 자네가 이렇듯 정신을 잃다니!　180

캐시오 용서해 주십시오. 드릴 말씀이 없습니다.

오셀로 훌륭한 몬타노 장군, 그댄 점잖은 사람 아니었소?
젊은 시절 그대가 얼마나 과묵했는지 세상이 다 알고,
그대의 명성은 가장 날카로운 비판가의 입에서도
대단한 것이었소. 그런데 이게 무슨 일이오! 185
그대가 이처럼 자신의 명성을 벗어던지고
밤의 싸움꾼이란 이름을 위해 값진 세상의 평판을
던져 버리다니! 대답해 보시오.

몬타노 훌륭하신 오셀로 장군님. 전 목숨이 위험할 만큼
다쳤습니다. 제가 지금 못 드리는 말씀은 190
장군님의 부하 이아고가 대신 전할 것입니다.
상처를 입어 저는 지금 고통스럽습니다.
오늘 밤 제가 한 언행에 조금이라도 잘못된 것이 있었는지
저는 모르겠습니다. 자신을 돌보는 것이 악덕이 되고
폭력이 우리를 공격할 때 방어하는 것이 죄가 된다면 195
모를까 말입니다.

오셀로 정말 이제 내 피가 끓어
나의 보다 더 안전한 안내자들[22]을 지배하려 하는구나.
격정이 내 분별력을 흐리게 하고 주도권을 잡으려 한다.
정말 내가 꿈쩍이라도 하거나 이 팔을 쳐들기만 하면
아무리 고귀한 자라도 요절이 날 것이다. 200
말해 보아라. 이 흉측한 소란이
어떻게 시작되었고, 누가 시작했는지를.

22 〈피〉는 감정과 격정을, 〈보다 더 안전한 안내자들〉은 이성을 뜻한다.

이 소란에 연루된 자는 그가 누구이든,
설사 나의 쌍둥이 형제라 해도 나와는 끝장이다.
도대체 전쟁 중인 곳에서, 그것도 민심이 205
두려움으로 가득 차 아직 평온하지 못한 상태인데
사사로운 일로 집안싸움을 벌이다니.
그것도 밤중에, 치안을 유지해야 하는 궁정에서.
이건 말도 안 되는 일이다. 이아고, 누가 시작했느냐?

몬타노 편파성에 매이거나 직책상 연관이 있다고 해서 210
진실을 가감하여 말한다면
자네는 군인이 아닐세.

이아고 그렇게 몰아세우지 마세요.
마이클 캐시오 부관님을 욕되게 하느니
차라리 제 입에서 혀를 자르겠습니다.
허나 진실을 말해도 그분에게 해가 되지는 않으리라 215
스스로를 설득해 봅니다. 실상은 이렇습니다, 장군님.
몬타노 장군님과 제가 이야기를 하고 있는데
어떤 자가 살려 달라고 외치면서 왔고,
부관님이 단호히 칼을 빼 들고 그자를 쫓아왔습니다.
그러자 이 나리께서 부관님을 가로막고 220
그만하라 설득하셨습니다.
저는 소리 지르던 그 녀석을 쫓아갔습니다.
그자의 고함 소리 때문에 온 마을이 두려움에 빠질까
염려됐으니까요. 결국 그렇게 되고 말았습니다만.
그자의 걸음이 빨라서 제 의도는 좌절되고 225

저는 그냥 돌아왔습니다. 칼들이 부딪치고 떨어지는 소리와
부관님이 큰 소리로 욕하는 소리를 들었기 때문입니다.
그런 모습은 오늘 밤 이전에는 결코 본 적이 없었습니다.
돌아와 보니 두 분이 한데 붙어서 때리고 찌르고 계셨습니다.
장군님께서 두 분을 떼어 놓으셨을 때는   230
또다시 그런 상황이 벌어졌을 때였습니다.
이 이상 더 드릴 말씀이 없습니다. 인간은 역시 인간입니다.
아무리 훌륭한 사람도 때로는 자신을 망각하는 법입니다.
비록 부관님이 이분께 좀 실수를 하긴 했지만,
사람이란 화가 나면 호의를 베푼 자를 공격하기도 합니다.   235
분명 캐시오 부관님은 도망친 그자로부터
뭔가 인내심으로 견뎌낼 수 없는
불쾌한 일을 당하셨을 것입니다.

오셀로   이아고, 자네가
충성심과 의리 때문에 이 사건을 얼버무려
캐시오의 죄를 가볍게 하려는 것을 내 다 알고 있다.   240
캐시오, 나도 자네를 아끼네만 자넨 이제 내 부관이 아닐세.

                     데스데모나 등장.

보게, 집사람까지 잠자리에서 일어나지 않았나.
자네를 본보기로 삼아야겠네.
데스데모나 무슨 일이에요?
오셀로   이제 다 해결됐소. 침소로 갑시다.

(몬타노에게) 그대가 입은 상처는 내가 직접 의사가 되어 치료해 주겠소. 이분을 모셔 가라.

(몬타노가 부축되어 나간다)

이아고, 주의해서 마을을 살펴보고
이 고약한 싸움으로 제정신을 잃은 자들을 진정시키게.
갑시다, 데스데모나. 소동으로 단잠에서 깨어나는 일은
군인의 일상이오.　　(이아고와 캐시오만 남고 모두 퇴장)

이아고　어, 부관님, 다치셨어요?

캐시오　그렇다네, 어떤 수술로도 고칠 수 없는 상처를 입었네.

이아고　아이고, 하느님 맙소사!

캐시오　명예, 명예, 난 명예를 잃었네! 아! 나 자신 가운데 영원히 빛날 부분은 잃어버리고, 짐승 같은 부분만 남았네. 아! 내 명예, 이아고, 내 명예를 다쳤네!

이아고　전 고지식한 놈이라 몸에 부상을 입으신 줄 알았습니다. 명예보다는 몸의 상처가 더 아프죠. 명예란 남이 안겨준 가장 헛되고 공허한 것으로, 종종 아무런 미덕 없이 얻기도 하고 또 별 이유 없이 잃기도 합니다. 부관님은 명예를 전혀 잃지 않았습니다. 스스로 잃었다 생각하지만 않으면요. 사내가 뭘 그런 걸 가지고 그러십니까! 장군님과의 관계를 회복할 방법은 많습니다. 부관님은 장군님의 기분을 상하게 해서 파면된 것뿐이에요. 이는 적의가 아닌 정책상의 처벌일 뿐이지요. 마치 오만한 사자를 으르기 위해 죄 없는 개를 때리듯 말입니다. 장군님께 다시 간청해 보세요. 그러면 장군님의 마음을 되돌릴 수 있을 겁니다.

캐시오 나처럼 값어치 없고 술주정뱅이에다 분별력도 없는 몸이 그처럼 훌륭하신 장군님을 기만하느니, 차라리 경멸해 주십사고 간청하겠네. 술에 취해 앵무새처럼 지껄이고 싸움질이나 하고, 거들먹거리고, 욕지거리나 하고, 자신의 그림자를 보고 호통을 쳐대다니! 오, 그대 보이지 않는 술의 정령아, 만약 그대에게 아직 알려진 이름이 없다면 내 그대를 악마라 부르리!

이아고 부관님이 칼을 들고 쫓아가던 자는 어떤 놈이었나요? 그자가 부관님에게 어떤 짓을 했습니까?

캐시오 모르겠네.

이아고 그럴 리가요?

캐시오 많은 일들이 기억나지만 분명한 건 하나도 없어. 싸우긴 싸웠는데 왜 싸웠는지 전혀 기억이 나질 않네. 오, 하느님, 자기 정신을 훔치는 원수를 자기 입에 부어 넣다니. 우리 인간들은 희희낙락하고 진탕 마시고 좋아라 박수를 보내면서 스스로를 짐승으로 탈바꿈시킨단 말이야!

이아고 하지만 지금은 멀쩡하신데요. 어떻게 이렇게 금방 제정신을 되찾으셨습니까?

캐시오 술주정이라는 악마가 분노라는 악마에게 자리를 양보한 게지. 이 내 결함은 내 다른 결함을 보여 주어 나 자신을 철저히 경멸하게 만들고 있네.

이아고 자, 자, 부관님은 너무 도덕군자세요. 때와 장소, 그리고 이 나라가 처한 상황으로 볼 때 이번 일은 일어나지 않았으면 정말 좋았을 겁니다. 하지만 이왕 이렇게 된 이상 부관님께 이롭게 수습하셔야죠.

캐시오 장군님께 복직을 청해 보겠네. 그분은 나를 술주정뱅이라고 하실 테지. 내가 히드라처럼 입이 많다 해도 그런 말은 내 입을 모두 막아 버릴 걸세. 조금 전까지도 정신이 멀쩡했던 사람이 점차 바보가 되더니 금세 짐승으로 변하다니! 무절제한 술잔은 저주받은 것이고 그 안에 들어 있는 것은 악마라네.

이아고 자, 자, 잘만 마시면 좋은 술은 좋은 친구가 되는 법입니다. 그러니 술에 대한 욕은 그만하세요. 부관님도 제가 부관님을 끔찍이 생각하고 있는 걸 아시죠?

캐시오 내 이미 취하도록 술을 받아 마시며 증명하지 않았나.

이아고 부관님뿐만 아니라 누구나 취할 때가 있는 법입니다. 이제 어찌하셔야 할지 알려 드리겠습니다. 지금은 장군님의 부인이 장군님입니다. 제가 이렇게 말씀드리는 건, 장군님께서 지금 부인의 모습과 우아함을 바라보고 주시하고 칭찬하시느라 정신이 없기 때문입니다. 부인께 모든 것을 털어놓으시고 복직을 도와 달라 간청하세요. 부인은 매우 너그럽고, 친절하시고, 마음 여리시고, 은혜로운 성품을 지닌 분이시라 부탁받은 이상 들어주지 않는 것을 악덕으로 여길 정도이십니다. 부관님과 부인의 낭군 사이에 생긴 균열을 봉합시켜 달라고 간청해 보세요. 그러면, 값나가는 제 재산을 다 걸고 말씀드리는데, 두 분 사이의 우의에 생긴 균열은 오히려 전보다 더 튼튼하게 접합될 것입니다.

캐시오 좋은 충고를 해주었네.

이아고 진정 성심 어린 우정과 충심 어린 친절에서 드리는 말씀입니다.

캐시오 나도 그 충고 충심으로 받아 내일 아침 일찍 인자하신 데스데모나 님께 나를 위해 애써 달라 간청하겠네. 내 운이 여기에서 막히면 나는 절망적인 신세가 될 걸세.

이아고 부관님 말씀이 맞습니다. 그럼 안녕히 주무세요, 부관님. 저는 야경을 보러 가야합니다.

캐시오 잘 가게, 충직한 이아고.   (퇴장)

이아고 이런데도 누가 나더러 악당 노릇을 한다 말하겠는가.
내가 해주는 충고가 이토록 관대하고 정직한데.
또 진정 무어인의 마음을 다시 살 수 있는
그럴싸한 방법인데. 정직한 청원으로
마음 약한 데스데모나를 설득하는 건 아주 쉬운 일이지.
그녀는 누구에게나 주어지는 공기처럼 관대하거든.
또한 부인이 무어인의 마음을 사는 것이 설사
그의 세례를 저버리거나 온갖 면죄부를 버리는 일이라도,
그의 영혼은 그녀에 대한 사랑에 묶여 있기 때문에 그녀는
무엇이든 원하는 대로 성사시킬 수도, 망쳐 버릴 수도 있지.
그녀에 대한 욕정이 마치 신처럼
무어인의 약한 심신의 기능을 좌지우지하듯 말이야.
그렇다면 이런 방법으로 직접 이득이 되도록
캐시오를 인도한 내가 어찌 악한이란 말인가?
이게 바로 지옥의 신학(神學)이지!

악마가 인간에게 흉악한 죄악을 씌우려고 할 때는 340
지금 나처럼 처음에는 천사같이 나타나서 유혹을 하지.
저 정직한 멍청이 녀석은 다시 제 팔자를 고치려고
데스데모나한테 사정을 하겠지.
그러면 그 여자는 무어 놈한테 강력하게 졸라 댈 테고.
그때 나는 그자의 귓속에 독약을 퍼붓는 거야. 345
부인이 그자의 복직을 호소하는 건 정욕 때문이라고.
그러면 그녀가 캐시오를 도와주려고 애쓸수록
무어 놈은 점점 더 그녀를 못 믿게 되는 거지.
이런 식으로 나는 그녀의 미덕을 시커먼 것으로 바꾸고
그녀의 착한 마음씨를 그물 삼아 350
그들을 일망타진할 것이다.

로더리고 등장.

어쩐 일이세요, 로더리고 나리?
로더리고 나는 사냥감을 쫓아 여기까지 왔지만, 사냥하는
사냥개는 못 되고 짖어 대기만 하는 몰이 개 신세네. 돈
은 거의 다 써버렸고, 오늘 밤에는 흠씬 두들겨 맞은 터
라 앞으로 어떻게 될지 생각해 보았네. 난 고통스러운 355
경험만 잔뜩 하고 돈은 한 푼도 없이 약간의 지혜만 얻
은 채 베니스로 돌아갈 걸세.
이아고 인내심 없는 자들은 가엾기 그지없어요!
천천히 아물지 않는 상처가 어디 있어요? 나리도 아시다시피

제2막 제3장 **81**

우리는 꾀로 작업을 하지, 요술로 하는 게 아니잖아요. 360
꾀로 하는 작업은 시간이 좀 걸리는 법입니다.
일이 잘 되어 가고 있지 않아요? 캐시오가 나리를 때려
조금 다치긴 했지만 그 덕에 캐시오는 파면되지 않았어요?
다른 것들도 태양 빛을 받으면 잘 자라지만
결국 먼저 꽃 핀 열매들이 먼저 익는 법이에요. 365
조금만 참으세요. 아니, 벌써 아침이 되었군!
재미있게 일하다 보면 시간이 짧게 여겨진다니까요.
물러가 계세요. 묵고 계신 곳으로 가세요.
가시라니까요. 나중에 더 많은 것을 알려 드릴게요.
자, 어서 가세요. 어서요.   (로더리고 퇴장)
           몇 가지 할 일이 있어. 370
집사람을 시켜 캐시오를 마님에게 데려다 주게 해야지.
집사람을 부추겨야겠어.
그동안 난 무어 놈을 끌어냈다가
부인에게 간청하고 있는 캐시오와 맞닥뜨리게 해야지.
그래, 바로 그거야. 375
괜히 지체하여 이 좋은 꾀를 사그라지게 하지 말자. (퇴장)

제3막

제1장
(사이프러스 섬의 성 앞)

캐시오가 악사들, 광대와 함께 등장.

캐시오 자, 여기서 짤막한 것으로 연주하게나. 후사하겠네.
 그리고 〈장군님 안녕히 주무셨습니까〉 하고 인사해 주게나.
 (악사들 연주한다)
광대 아니 악사님들, 악기들이 나폴리에라도 갔다 왔나요?
 저렇게 콧소리를 내니 말입니다.[23]
악사 1 뭐가 어쩌고 어째?
광대 이것들이 바람으로 연주하는 악기인가요?
악사 1 그렇다네.

---

23 합병증으로 코의 연골을 주저앉게 만든다는 매독을 암시하는 농담. 1494년 프랑스가 나폴리 왕국을 공격할 때 외인부대를 썼는데, 그중 스페인의 매독 환자가 참전해서 나폴리에 매독이 퍼지게 되었기 때문에 이 병을 〈나폴리병〉이라고 불렀다.

광대 아, 그래서 꼬리가 달렸군.

악사 1 어째서 꼬리가 달렸는데?

광대 아, 내가 아는 바람으로 움직이는 기구들은 꼬리 달린 게 많아요. 악사님들, 이 돈 받아요. 장군님께서 여러분의 음악을 너무나 좋아하시는 바람에, 제발 더 이상 시끄러운 소리를 내지 말아 달라고 신신부탁하셨어요.

악사 1 그렇다면 그만두겠네.

광대 혹 소리가 나지 않는 음악이 있다면 그건 연주해도 좋지만요. 사람들 말로는 장군님께서는 음악 듣는 걸 별로 좋아하지 않는다 하던데요.

악사 1 그런 음악은 없네.

광대 그렇담 피리들은 가방에 넣으세요. 난 가봐야 하니까. 가라고요, 가! 꺼지라니까요.   (악사들 퇴장)

캐시오 이보게, 정직한 친구, 내 말 들리나?

광대 그 정직한 친구 말은 안 들리지만 나리 말은 들려요.

캐시오 제발 요상한 말일랑 그만두고 이 금 조각이나 받게나. 장군님 부인의 시중을 드는 여인이 일어나거든 캐시오라는 사람이 이야기 좀 하고 싶어 한다고 전해 주게. 그리해 주겠나?

광대 그분은 일어났어요. 그분이 이쪽으로 오시면 한번 말씀드려 보죠.

이아고 등장.

캐시오 그리해 주게나, 친구.　　　　　　　　(광대 퇴장)

　　　　　　　　마침 잘 왔네, 이아고.
이아고 아니, 잠자리엔 들지도 않으셨어요?
캐시오 그렇다네.
　우리가 헤어지기 전에 벌써 동이 트질 않았나.
　이아고, 내 감히 자네 부인에게 사람을 보냈네.
　부인에게 인자하신 데스데모나 님을 만날 수 있도록
　주선해 달라고 부탁할 걸세.
이아고　　　　　　　　제가 곧 집사람을 내보내죠.
　그리고 무어 장군님을 다른 데로 유인하여
　두 분의 대화와 용무가 보다 편하게 이루어지도록
　조처하겠습니다.
캐시오 참으로 고맙네.　　　　　　　　(이아고 퇴장)
　　　　　　　　피렌체에서는
　저렇게 친절하고 정직한 사람을 본 적이 없어.

　　　　　　　　에밀리아 등장.

에밀리아 안녕하세요, 부관님.
　안 좋은 일을 당하셔서 정말 안되셨어요.
　하지만 곧 다 잘될 거예요.
　장군님과 마님이 그 문제를 논의하고 계세요.
　그리고 마님은 강력하게 부관님을 옹호하고 계세요.
　장군님 말씀으로는, 부관님이 가해한 사람이

제3막 제1장 **87**

사이프러스 섬에서 명망이 높고 인맥이 대단하여
현명한 판단하에 부관님을 파면하지 않을 수 없었지만
장군님도 부관님을 아낀다고 하셨어요.
그러니 따로 청원을 드리지 않아도 적당한 기회가 오면   50
바로 부관님을 복직시키실 거예요.

캐시오   하지만
괜찮다면, 아니 할 수만 있다면,
부디 데스데모나 부인과 단둘이 이야기 나눌 기회를
마련해 주시오.

에밀리아   그럼 들어오세요.
시간을 갖고 충분히 이야기를 나눌 수 있는 곳으로   55
제가 모실게요.

캐시오   정말 고맙소.   (퇴장)

제2장
(같은 장소)

오셀로, 이아고, 신사들 등장.

오셀로 이아고, 이 편지들을 선장에게 전하고
그에게 본국에 내 충성을 전해 달라고 하게.
내 보루에서 거닐고 있을 테니, 그 일이 끝나면
그리로 오게나.

이아고　　　　　네, 장군님, 그리하겠습니다.
오셀로　여러분, 성채를 한번 둘러볼까요?　　　　　　　　　　5
신사들　저희가 장군님을 모시겠습니다.　　　　　(퇴장)

제3장
(같은 장소)

데스데모나, 캐시오, 에밀리아 등장.

데스데모나　정말 제가 부관님을 위해 할 수 있는 일이라면
　무엇이든 다 하겠어요.
에밀리아　마님, 그렇게 해주세요.
　제 남편도 이 일을 자기 일인 양 슬퍼하고 있어요.
데스데모나　참 충직한 양반 같으니…….　　　　　　　　　5
　캐시오 부관님, 제가 틀림없이 낭군님과 부관님을
　예전처럼 친한 사이로 돌려놓겠어요.
캐시오　　　　　　　　　　　　자비로우신 부인,
　이 마이클 캐시오가 어떻게 되든지
　저는 언제나 부인께 충성을 다하는 종복일 뿐입니다.
데스데모나　고마워요, 부관님. 부관님은 제 주인을 사랑하고　10
　두 분은 오랫동안 알고 지내신 사이지요.
　그러니 장군님은 틀림없이 정책적으로
　거리를 두고 계시는 것뿐일 거예요.

캐시오　　　　　　　　　　　　　그러나 부인,
그 정책이라는 것이 아주 오래갈 수도 있습니다.
또한 하찮고 싱거운 음식들[24]을 먹고 자라
예기치 않게 살이 쪄서 제가 없는 자리가 채워지면
장군님께서는 저의 충성과 봉사를
잊어버리게 되실 겁니다.

데스데모나　염려 마세요. 여기 에밀리아 앞에서
부관님 자리는 제가 보장할게요.
부관님 편이 되겠다고 약속했으니
분명 끝까지 그렇게 할 거예요.
장군님을 가만히 두지 않겠어요.
잠도 못 자게 하고, 졸라 대서 견딜 수 없게 하겠어요.
그분의 침상을 교실로, 식탁을 참회실로 만들어서
사사건건 부관님의 복직과 결부시킬 거예요.
그러니 부관님, 기운 내세요. 죽는 한이 있어도
부관님 변호사 노릇을 포기하지 않을 테니.

　　　　　　　　오셀로와 이아고 등장.

에밀리아　마님, 장군님께서 오십니다.
캐시오　부인, 전 이만 가보겠습니다.
데스데모나　왜요, 계시면서 제가 말하는 걸 들어 보시죠.
캐시오　부인, 지금은 아닙니다. 마음이 많이 불편하여

24 〈하찮고 싱거운 음식들〉이란 쓸데없는 소문들을 의미한다.

뜻을 추진하기에는 적합지 않은 것 같습니다.

데스데모나　그럼 뜻대로 하세요.　　　　　　　　(캐시오 퇴장)

이아고　　　　　　　　　　하, 난 저게 싫단 말이야.

오셀로　무슨 소리냐?

이아고　아무것도 아닙니다. 혹시……. 나도 모르겠다.

오셀로　내 아내와 방금 헤어진 자가 캐시오 아니더냐?

이아고　부관님이라고요? 아니, 생각할 수도 없는 일입니다.
부관님이라면 장군님이 오시는 걸 보고 죄지은 사람처럼
도망갈 리가 있습니까?

오셀로　　　　　　　　그자가 틀림없었네.

데스데모나　어서 오세요, 낭군님.
여기서 한 청원자와 이야기를 하고 있었어요.
당신의 미움을 사서 축 늘어진 남자하고요.

오셀로　누구 말이오?

데스데모나　누구겠어요, 당신의 부관인 캐시오 님이죠.
당신의 마음을 움직일 수 있는 권능이 제게 있다면
그분의 뉘우침이 당장 받아들여질 텐데요.
만약 그분이 진정으로 당신에게 충직하지 않고,
무지가 아닌 고의로 잘못을 저지른 것이라면
제게 정직한 사람의 얼굴을 알아보는 능력이 없는 거겠죠.
제발 그분을 다시 불러들이세요.

오셀로　　　　　　　　　　그자가 지금 여기서 나갔소?

데스데모나　네, 그랬어요. 너무 기가 죽어서.
그분이 제게 슬픔을 남겨 두고 가서 저도 가슴이 아파요.

여보, 부관님을 다시 불러들이세요.

오셀로 지금은 안 돼오, 여보. 나중에 봅시다.

데스데모나 하지만 곧 그러실 거죠?

오셀로 당신을 위해 그리하리다.

데스데모나 오늘 저녁 식사 때요?

오셀로 아니, 오늘 밤은 아니고.

데스데모나 그럼 내일 점심때요?

오셀로 내일 점심은 집에서 못 할 거요.
성채에서 장군들과 회의가 있소.

데스데모나 그럼 내일 밤, 아니면 화요일 아침,
화요일 낮이나 밤, 아니면 수요일 아침요.
제발 시간을 정해 주세요. 하지만 사흘은 넘기지 마세요.
정말 그분은 후회하고 있어요.
또한 상식적으로 생각하기에도 그분의 잘못은
혼자서 질책을 받을 만한 것이 아니었어요.
물론 전쟁 때는 가장 높은 자들로
본보기를 삼아야 한다고들 하지만요. 언제 부르시겠어요?
여보, 말씀해 주세요. 저라면 당신이 부탁해 올 때
거절하거나 머뭇거리지 않을 것 같은데요.
캐시오 님은 당신이 구혼하러 올 때 함께 왔던 사람이고
제가 당신을 좋게 말하지 않을 때는
그렇게 수시로 당신 편을 들어 주었는데
그분을 복직시키는 데 이렇게 애를 써야 하나요?
정말 저라면 —

오셀로 제발 그만해요. 그가 원할 때 언제라도 오게 하구려.
내 당신의 청은 하나도 거절하지 않겠소.

데스데모나   아니, 여보,
이건 은혜를 베푸는 일이 아니에요. 이건 마치
〈장갑을 끼세요〉,〈영양분 많은 음식을 잡수세요〉,
〈따뜻한 옷을 입으세요〉 하는 것처럼 당신 자신을 위해
청을 드리는 것과 같은 거예요.
정말로 당신의 사랑을 시험하기 위한 소청이라면
판단하기 아주 어렵고 받아들이기 힘든 것을
부탁할 거예요.

오셀로   당신 청이라면 어떤 것도 거절하지 않을 거요.
대신 내 청을 하나 들어 주시오.
잠시만 혼자 있게 해주시오.

데스데모나 제가 거절하겠어요? 아니죠. 그럼 이따 봐요, 여보.

오셀로 그래요, 데스데모나. 곧 가리다.

데스데모나 에밀리아, 가요 — 당신 뜻대로 하세요.
당신이 어떤 분이시든 저는 당신을 따를 테니까.

            (데스데모나와 에밀리아 퇴장)

오셀로 훌륭한 내 사랑. 내 그대를 사랑하지 않는다면
파멸이 내 영혼을 붙잡아 가기를! 내 그대를 사랑 않을 때
이 세상은 다시 혼돈에 빠질 것이오.

이아고 장군님!

오셀로   왜 그러나, 이아고?

이아고 장군님께서 부인께 구혼할 때 캐시오 부관님이

두 분의 사랑을 알고 있었습니까?

오셀로 그랬지. 처음부터 끝까지.
그런데 왜 묻지?

이아고 그저 궁금해서요.
뭐 나쁜 뜻은 없습니다.

오셀로 뭐가 궁금한가, 이아고?

이아고 부관님이 전부터 마님을 알고 있는 줄은 몰랐습니다.

오셀로 알고 있었고말고. 종종 우리의 중개 역할도 했는걸.

이아고 정말요?

오셀로 정말이냐고? 그렇다니까. 그게 뭐 잘못됐나?
그자가 뭐 충직하지 않기라도 하다는 건가?

이아고 충직하다고요, 장군님?

오셀로 충직하냐고? 그럼 충직하고말고.

이아고 장군님, 제가 아는 한은 그렇습니다.

오셀로 자네 도대체 무슨 생각을 하는 건가?

이아고 생각요, 장군님?

오셀로 생각요, 장군님? 도대체 내 말만 되풀이하는군.
마치 내보이기엔 너무나 망측한 생각을 품고나 있는 듯이.
자네는 뭔가 중요한 것을 암시하는 게 분명해.
방금 전에도 캐시오가 집사람과 헤어질 때
〈저게 싫단 말이야〉라고 말하는 걸 들었네.
뭐가 싫단 말인가?
그리고 구혼 내내 그가 나의 상담역이었다고 했을 때도
자네는 〈정말요?〉 하면서 외치지 않았나?

또 마치 머릿속에 뭔가 끔찍한 생각을 담고나 있는 듯
눈살도 찌푸리지 않았나? 자네가 나를 위한다면
자네의 생각을 말해 주게.

이아고 제가 장군님을 경애하는 건 아시죠?

오셀로 그렇다고 생각하네. 120
그리고 자네가 아주 충직하고 정직하며
말들을 입 밖에 내기 전에 신중하다는 것도 알고 있네.
그래서 자네의 머뭇거림이 나를 더욱 불안하게 만드는 거야.
그런 행동은 거짓되고 불충한 자들이 흔히 쓰는 술책이지.
그러나 정의로운 자의 경우에는 125
감정을 억제할 수 없는 심정에서 우러나는
마음속 생각들을 뜻한단 말일세.

이아고 캐시오 부관님에 대해서는,
저도 그분이 정직하다고 감히 장담합니다.

오셀로 나도 그리 생각하네.

이아고 사람은 모름지기 겉과 속이 같아야죠.
그렇지 않은 자들이 정직한 체하지 않으면 좋겠습니다. 130

오셀로 물론 인간은 겉과 속이 같아야지.

이아고 그렇다면 캐시오 님은 정직한 사람이라고 생각합니다.

오셀로 아니, 자네의 말에는 그 이상의 뜻이 담겨 있네.
제발 자네가 생각하는 바를 그대로 말해 보게나.
아주 나쁜 생각이라도 그대로 135
솔직하게 말해 보게나.

이아고 장군님, 용서하십시오.

제3막 제3장 **95**

　　　　직무상의 일이라면 무엇이든 할 의무가 있지만
　　　　노예들도 누리는 자유[25]를 구속시킬 수는 없습니다.
　　　　제 생각을 말하라고요?
　　　　차라리 제 생각이 나쁘고 거짓되다 하십시오. 140
　　　　궁정에도 때로 추한 것들이 침입하지 않습니까?
　　　　아무리 순결한 마음을 가진 사람의 마음에도
　　　　불순한 생각들이 합법적인 생각들과 나란히 앉아
　　　　재판질을 하지 않습니까?
오셀로　이아고, 친구가 불의를 당했다고 생각하면서도 145
　　　　그에게 자네 생각을 말해 주지 않는다면
　　　　자네는 친구를 배반하는 걸세.
이아고　　　　　　　　　　　부디 장군님께서는
　　　　제 추측이 지독한 것이더라도
　　　　그런 저의 불완전한 추측을 무시하시고
　　　　저의 두서없고 불확실한 관측 때문에 150
　　　　고심하지 마시기를 바랍니다.
　　　　저는 남의 잘못을 엿보는 못된 버릇이 있고,
　　　　종종 질투심 때문에 있지도 않은 결점을 만들어 내기에
　　　　간청드리는 것입니다. 제 생각을 말씀드리는 것은
　　　　장군님 마음의 평정에도 안 좋고 아무 득도 안 될 뿐 아니라 155
　　　　저의 사내다움, 정직함, 지혜로움에도
　　　　전혀 도움이 되지 않습니다.
오셀로　　　　　　　　　이런 제기랄! 무슨 소리냐?

25 생각의 자유를 가리킨다.

이아고 장군님, 남녀 할 것 없이 좋은 평판은 우리 영혼의
가장 소중한 보석입니다. 제 돈주머니를 훔치는 자는 곧
쓰레기를 훔치는 셈입니다. 돈은 중요한 듯하나
아무것도 아니고, 제 것이었다가 타인의 것이 되며,
수많은 자들의 종이니까요. 그러나 제 명성을 훔치는 자는
스스로 부자가 되지도 못하면서 저를 가난하게 만드는 것을
훔치는 셈입니다.

오셀로 내 기필코 자네 생각을 알아야겠네.

이아고 그러실 수 없을 겁니다. 비록 제 마음을 가지신다 해도,
제가 그 생각을 마음속에 꼭꼭 품고 있는 한 말입니다.

오셀로 하!

이아고 질투를 조심하십시오. 그것은 푸른 눈의 괴물로
자신의 먹잇감을 조롱하는 놈입니다. 자신의 운명을 알고
죄지은 아내를 사랑하지 않는 오쟁이 진 남편은
축복 속에서 사는 겁니다. 하지만 오, 아내를 사랑한 나머지
의심하고 미심쩍어하면서도 여전히 열렬히 사랑하는 남편은
매 순간이 얼마나 지옥 같겠습니까!

오셀로 참으로 비참한 일이지!

이아고 가난해도 만족하면 부자라 할 수 있습니다.
그러나 가난해질까 늘 염려하는 자는
아무리 부자여도 겨울처럼 가난합니다.
신이시여, 우리 종족의 모든 영혼을
질투로부터 보호해 주소서!

오셀로 그런데 왜 그런 말을 하는가?

내가 질투심에 사로잡힌 삶을 살 것처럼 보이는가? 180
달의 변화에 따라 늘 새로운 의심을 하면서 말이야.
아니, 일단 의심하면 난 즉시 해결해 버릴 걸세.
자네가 상상하고 있는 것과 같은 그런 허무맹랑한 억측들에
내가 마음을 쏟는다면 나를 염소라 해도 좋네.
내 아내가 아름답다, 잘 먹는다, 185
동석을 좋아한다, 말을 거리낌 없이 한다,
노래도 연주도 춤도 능하다는 말 따위로
나를 질투하게 만들지는 못할 걸세.
정숙한 아내에게 이런 것들은 오히려 미덕이 되지.
나의 약점 때문에 그녀가 배반할 것이라고는 190
추호도 염려하지 않네.
그녀는 그녀 자신의 눈으로 나를 선택했으니까.
아니, 이아고, 난 의심하기 전에 먼저 알아볼 것이며,
의심나면 증명하고, 증거가 있으면 그걸로 끝이네.
즉시 사랑을 버리거나 질투심을 버린다는 말일세! 195

이아고 그 말씀을 들으니 기쁩니다. 이제 제 충성과 의무를
보다 솔직하게 보여 드릴 수 있게 되었습니다.
그러니 의무감에서 하는 저의 말을 들어 주십시오.
아직 어떤 증거를 갖고 드리는 말씀은 아닙니다.
부인을 잘 지켜보십시오. 특히 캐시오와 함께 있을 때요. 200
질투에 휩싸이지도, 그렇다고 방심도 않는 눈을 지니십시오.
의심할 줄 모르는 장군님의 고귀한 성품이
타고난 아량 때문에 이용당하는 걸 저는 원치 않습니다.

조심하세요. 저는 우리 고장 사람들의 기질을 잘 압니다.
베니스에서는 남편에게 감히 보일 수 없는 짓거리들을
하느님 앞에서는 거리낌 없이 해 보입니다.[26] 최상의 양심은
그런 짓을 하지 않는 것이 아니라 감추는 것입니다.

오셀로 그런가?

이아고 부인은 아버지를 속이며 장군님과 결혼했습니다.
그리고 장군님의 모습을 두려워하며 떨고 있는 척했을 때도
사실은 아주 사랑하고 있었죠.

오셀로 그래, 그랬었지.

이아고 그것 보십시오.
부인은 그처럼 어린 나이에 그처럼 능란하게 꾸밈으로써
부친의 두 눈을 감쪽같이 속였습니다.
그 결과 그 어르신은 마술의 짓이라 생각했지요.
하지만 장군님, 정말 죄송합니다. 용서해 주십시오.
장군님을 지나치게 경애하는 나머지 그만······.

오셀로 내 자네에게 무한한 신세를 졌네.

이아고 제 말이 장군님의 기분을 상하게 했습니다.

오셀로 아니야, 전혀 아닐세.

이아고 분명 기분이 상하셨습니다.
제 얘기는 충성심에서 나온 것이라 생각해 주십시오.
역시 장군님의 기분이 상하신 걸 알겠습니다.
부디 제 말을 곡해하시어 단순한 의심을 넘어

---

[26] 16세기 유럽에는 매춘 문화가 대단히 발달했다. 특히 1500년경 베니스에서는 인구 약 30만 명 중 30분의 1인 1만1천여 명이 매춘부였다고 한다.

더 저속한 문제나 더 큰 영역으로
확대시키지는 않으시길 바랍니다.
오셀로 그리하지 않겠네.
이아고 　　　　　　　만약 그리하시면, 장군님, 225
제 말은 제가 의도치도 않은 좋지 못한 결과를
낳을 것입니다. 부관님은 저의 절친한 친구입니다.
장군님, 기분이 상하셨군요.
오셀로 　　　　　　　아닐세, 별로 상하지 않았네.
난 데스데모나가 정숙하지 않다고 생각하지 않으니까.
이아고 부인의 정숙함과 장군님의 믿음이 영원하기를! 230
오셀로 그런데 어찌하여 본성은 자신의 본질에서 벗어나 —
이아고 네, 바로 그 점입니다. 감히 말씀드리자면
부인과 동족이면서 얼굴색도 신분도 같은
수많은 청혼자들을 거부하고, 왜…….
사실 그것이 자연스러운 것 아닙니까? 235
허, 참! 이러한 욕망 속에서는 아주 음탕하고 불순한
낌새가 느껴지고, 생각도 부자연스러운 것 같습니다.
하지만 용서하십시오.
꼭 부인을 두고 말씀드리는 것은 아닙니다.
혹시 부인께서 판단력을 되찾을 때 240
장군님을 동족의 호남들과 비교해 보고 후회할까
염려스럽기는 하지만 말입니다.
오셀로 　　　　　　　잘 가게, 잘 가.
뭔가 더 알게 되면 알려 주게. 자네 아내에게도

관찰해 보라고 하게나. 그럼 가보게나, 이아고.

이아고 (가면서) 그럼 물러가겠습니다.

오셀로 내가 왜 결혼을 했던가? 245
이 정직한 녀석은 틀림없이 더 많은 것을 알고 있어.
자기가 털어놓은 것보다 훨씬 더 많이.

이아고 (다시 등장하면서) 장군님, 이 일을 더 이상
캐지 마셨으면 합니다. 시간에 맡겨 두십시오.
분명 캐시오 부관님은 그 직분을 능히 수행할 것이니 250
복직하는 것은 마땅합니다만
장군님께서 얼마 동안 복직을 유보하시면 이를 통해
그분이 어떤 수단을 동원하는지를 알게 되실 겁니다.
부인께서 부관님의 복직을 얼마나 강력히
혹은 격렬히 독촉하시는지 눈여겨보십시오. 255
여기서 많은 것을 아실 수 있을 것입니다.
그동안은 제가 지나치게 염려한 것으로 생각하시고
부인은 무고한 것으로 여기십시오. 물론 염려할 만한
이유가 있긴 하지만 말입니다. 간곡히 부탁드립니다.

오셀로 나의 자제력은 걱정 말게. 260

이아고 그러면 다시 한 번 하직 인사를 드립니다. (퇴장)

오셀로 이자는 지극히 정직하고 세상 물정에도 밝아
인간 심리의 면면에 정통해 있어.
만일 아내가 길들여지지 않은 매라는 것이 확인되면
그 발목 줄이 설사 내 귀한 심장의 끈이라 해도 265
호각을 불어 그녀를 바람 타고 날아가

제3막 제3장

자기 운명에 따라 살아가게 할 터이다. 어쩌면
내 피부가 검고, 정치가 놈들처럼 능란한 말솜씨도 없고,
그리 많은 것은 아니지만 나이도 지긋하여
그녀가 떠난 건지 몰라. 난 속았어.   270
이제 내가 구원받는 길은 그녀를 미워하는 것뿐이다.
오, 결혼의 저주여, 우린 이 섬세한 여인네들을
우리 것이라 할 수는 있어도,
그들의 성욕은 우리 것이 아니구나!
사랑하는 것을 한 켠에 두고 타인들이 사용하게 할 바에야   275
차라리 두꺼비가 되어 동굴의 수증기를 먹고 살아가런다.
허나 이는 지체 높은 자들이 걸리는 역병.
이런 운명에는 그들이 천한 자들보다 더 노출되어 있다.
이것은 죽음처럼 피할 수 없는 운명.
이 갈라진 뿔을 이마에 지니는 운명[27]을 우리는   280
태어난 순간부터 지니게 된다.

데스데모나와 에밀리아 등장.

데스데모나가 오는군.
그녀가 정숙지 않다면 하늘이 스스로를 조롱하는 것,
그런 말 따위 믿지 않으련다.

데스데모나   어찌 된 일이에요, 여보?

---

[27] 예로부터 서구에서는 부정한 아내를 둔 남편은 이마에 뿔이 돋는다고 생각했다.

당신의 오찬과 당신이 초대한 친절한 이 섬사람들이
기다리고 있어요.

오셀로 내가 나빴소.

데스데모나 왜 그렇게 말소리에 기운이 없으세요?
어디 편찮으세요?

오셀로 여기 머리가 아프오.[28]

데스데모나 분명히 잠을 안 주무셔서 그럴 거예요.
머리를 동여매 드릴게요. 그러면 두통은 한 시간 안에
사라지고 다시 괜찮아지실 거예요.

오셀로 당신의 손수건은 너무 작소.

(데스데모나가 손수건을 떨어뜨린다)

그냥 두시오. 자, 함께 들어갑시다.

데스데모나 당신이 편찮으시니 너무 속상하네요.

(오셀로와 데스데모나 퇴장)

에밀리아 이 손수건을 줍다니 잘됐다.
이건 마님이 장군님께 받은 사랑의 첫 정표지.
까다로운 우리 서방이 이 손수건을 훔쳐다 달라고
골백번도 더 졸랐지. 허나 장군님이 마님에게
이것을 항시 지니겠다는 맹세까지 시키셔서
마님은 이 사랑의 징표를 소중히 여겨 늘 지니고 다니며
입을 맞추기도 하고 얘기도 건네곤 하셨지.
이 손수건의 문양을 본떠 서방에게 주어야지.

---

28 단순히 머리가 아프다는 의미 외에도 머리에 뿔이 나는 오쟁이 진 남편에 대한 암시도 담고 있다.

그걸 무엇에 쓰려는지는 하느님만 아실 뿐
나는 도통 모르겠어. 그저 그이의 소망대로 해줄 뿐이지.

　　　　　　　이아고 등장.

이아고 뭐야! 여기서 혼자 뭘 하고 있어?
에밀리아 그렇게 나무라지 말아요. 당신께 드릴 게 있어요. 305
이아고 내게 줄 게 있다고? 별 하잘것없는 거겠지, 뭐.
에밀리아 뭐요?
이아고 여편네가 어리석으니, 원.
에밀리아 아, 말 다 했어요? 그 손수건을 드리면
　제게 뭘 주실래요?
이아고　　　　무슨 손수건? 310
에밀리아 무슨 손수건이냐고요?
　거 왜, 장군님이 마님께 처음 선물한 손수건 말예요.
　당신이 허구한 날 내게 훔치라고 했잖아요.
이아고 그걸 훔쳤어?
에밀리아 훔친 건 아니고 마님이 부주의로 떨구셨어요. 315
　그런데 운이 좋아 내가 여기 있다가 주웠지요.
　자, 여기 있어요.
이아고　　　　역시 당신뿐이야! 이리 줘.
에밀리아 이걸 어디에 쓰시려고
　그렇게 훔쳐 오라고 애걸복걸했어요?
이아고　　　　(손수건을 낚아채며) 아니, 그건 알아서 뭐해?

에밀리아   중요한 용도가 아니면 도로 줘요.   320

불쌍한 마님, 이게 없어진 걸 아시면

정신이 나갈지도 몰라요.

이아고   이 일은 모른 척하고 있어.

쓸 데가 있으니. 그만 가봐. 가보라고.   (에밀리아 퇴장)

이걸 캐시오의 거처에 떨어뜨려 그자가 줍도록 하자.

공기처럼 가벼운 하잘것없는 것도,   325

질투하는 자에겐 성서만큼 강력한 증거가 되지.

이게 뭔가 해낼 거야.

무어 놈은 벌써 내 독약으로 변하고 있어.

위험스러운 억측은 원래 독약과 같아서

처음에는 구미에 맞지 않는 것을 잘 모르지만   330

혈액에 조금만 작용하면 유황 광산처럼 타오르지.

내 뭐랬나.

오셀로 등장.

저기 그자가 오는 꼴 좀 보라지!

양귀비꽃도 맨드레이크도[29]

---

[29] 양귀비나 맨드레이크mandrake는 모두 마취제 효능을 가진 식물들이다. 양귀비는 〈앵속〉, 〈약담배〉, 〈아편꽃〉이라고도 하며 지중해 연안 또는 소아시아가 원산지이다. 양귀비의 익지 않은 열매에 상처를 내어 받은 유즙을 60°C 이하의 온도로 건조한 것이 아편인데 이는 중추 신경 계통에 작용하여 진통, 진정, 지사 효과를 내므로 복통, 기관지염, 불면, 만성 장염 등에 복용한다. 아편을 담배와 함께 피우면 마취 상태에 빠지는데 중독성이 강하며 심하면 죽음에 이르기도 한다. 당나라 현종의 황후이며 중국 최고의 미인이었던 양귀비에 비길 만큼 그 꽃이 아

아니, 세상의 그 어떤 수면 효과를 지닌 물약이라 해도
그대가 어제까지 누렸던 그 달콤한 잠을 되살리는 335
약이 되지는 못할 것이다.

오셀로 하, 하! 변절을 했다고, 내 아내가?

이아고 왜 그러십니까, 장군님? 이제 그만하십시오.

오셀로 꺼져! 꺼지란 말이다! 네놈이 날
고문대에 올려놓았어. 정말이지 어설프게 아느니
차라리 속는 편이 더 나아.

이아고 왜 이러십니까, 장군님! 340

오셀로 그녀가 누린 남모를 욕정의 시간을 내 어찌 알겠는가?
난 보지도, 생각지도 못했으므로 그것은 내게 해가 안 됐어.
나는 그다음 날 밤에도 잘 자고 맘 편히 즐거웠어.
아내의 입술에서 캐시오가 입 맞춘 흔적도 발견하지 못했어.
도둑맞은 자가 도둑맞은 것을 모를 때, 345
모르는 채로 놔두면 그자는 아무것도 도둑맞지 않은 거지.

이아고 그런 말씀을 들으니 송구스럽습니다.

오셀로 부대원 전부가, 공병들까지 모두가
달콤한 그녀의 몸을 맛보았다고 해도
만약 내가 아무것도 모르고 있었다면 행복했을 것이다. 350

름답다고 해서 양귀비라는 이름이 붙었다. 그리스 신화에서는 곡물과 대지의 여신인 데메테르Demeter가 저승의 신인 하데스Hades한테 빼앗긴 딸 페르세포네Persephone를 찾아 헤매다가 이 꽃을 꺾어서 위안을 얻었다고 한다. 맨드레이크는 가짓과 맨드레이크속에 속하는 식물들의 일반적인 명칭이다. 맨드레이크의 뿌리가 사람의 손가락과 유사하게 생겨서 오랫동안 마법 의식에서 사용되어 왔다. 맨드레이크는 〈사탄의 사과〉나 〈사랑의 사과〉로도 알려져 있는데, 본래 악마의 과일로 여겨졌으며 최음제로도 유명하다.

오, 이제 마음의 평온과는 영원히 작별이다. 만족과도,
헬멧에 깃털을 꽂은 군대와 야심을 미덕으로 만들어 주는
전투들과도 작별이다. 히힝 우는 군마도,
날카로운 나팔 소리도, 사기를 북돋는 북소리도,
고막을 찢는 듯한 피리 소리와도 작별이다. 355
위풍당당한 군기(軍旗)와 영광스러운 전쟁의 모든 것들,
자부심, 화려한 의식과 장관(壯觀)과도 다 작별이다.
넓은 포구에서 영원불멸한 주피터의 위대한 벽력 소리처럼
요란한 소리를 내는 치명적인 전쟁 도구인 대포들과도.
오셀로의 군인으로서의 직업은 이제 끝났다. 360

이아고 이럴 수가 있습니까, 장군님?

오셀로 이 악당 놈아, 내 아내가 창녀임을 증명해라.
각오해라. 눈에 보이는 증거를 내놓지 않으면,
인간 불멸의 영혼에 걸고 맹세하는데,
네놈은 터진 내 분노의 보복을 당하느니 차라리 365
개로 태어날걸 하고 생각하게 될 거다.

이아고 일이 이렇게 된단 말인가?

오셀로 내 눈으로 볼 수 있게 해라. 아니면 적어도 증명해서
일말의 의심도 없도록 요지부동한 증거를 내놓아라.
그러지 못하면 네 목숨은 무사하지 못할 것이다!

이아고 고결하신 장군님 — 370

오셀로 만약 네놈이 내 아내를 중상하여
나를 괴롭히고자 한 거라면, 기도도 할 필요 없다.
회개 따위 다 포기해라. 몸서리쳐지는 악행만 쌓아 올려라.

하늘이 눈물 흘리고 온 땅이 놀랄 죄를 저지른다 해도
이로 인해 받는 저주보다 더한 것을
보태진 못할 테니.

이아고   주님의 은총이여, 하늘이여, 보호해 주소서!
장군님도 사내입니까? 생각과 분별력을 갖고 계십니까?
안녕히 계십시오. 저를 파직해 주십시오. 오, 어리석은 바보!
정직함을 악덕으로 만드는 삶을 살다니! 해괴한 세상이로다!
솔직하고 정직하면 안전치 못함을 모두가 유념할지어다!
이렇게 중요한 것을 가르쳐 주셔서 감사합니다.
이제부터는 그 누구도 사랑하지 않겠습니다.
사랑이 이와 같은 화를 키우니까요.

오셀로 아니, 그대로 있게. 자넨 분명 정직할 거야.

이아고 저는 현명했어야 했습니다. 정직한 것은 바보짓이고
사람을 잃게 만드니까요.

오셀로   온 세상을 두고 맹세하지만
내 아내가 정숙한 것도 같고 그렇지 않은 것도 같고,
자네가 옳은 것도 같고 그렇지 않은 것도 같으니
증거를 봐야겠다. 디아나의 얼굴처럼 깨끗하던 내 이름이
이제 더럽혀져서 내 얼굴만큼이나 시커메졌다.
만약 밧줄이건, 칼이건, 독이건, 불이건
혹은 빠져 죽을 시냇물이 있다면
이렇게 참고 견디지 않을 터. 속 시원히 알 수만 있다면!

이아고 장군님께서는 격정에 사로잡히셨군요.
그 일을 말씀드린 게 후회스럽기만 합니다.

속 시원히 알고 싶으신 거죠?

오셀로 알고 싶은 게 아니고, 알아야겠어.

이아고 그러실 수 있지만 어떻게, 도대체 어떻게요, 장군님? 구경꾼이 되어 못마땅하게 입을 벌린 채, 그자가 부인 위에 올라탄 광경을 보시겠습니까?

오셀로 죽여서 지옥에 떨어뜨릴 것들! 아!

이아고 그들의 그 짓거리를 보는 것은 꽤 어려운 일입니다만 400
설사 그들이 자신들의 것이 아닌 것에
기운 쓰는 광경을 보신다 해도 — 천벌받을 것들! —
무엇을 어떻게 하시겠습니까? 무슨 말씀을 드릴까요?
어떻게 하면 시원하시겠습니까?
장군님께서 그 광경을 직접 보시는 것은 불가능합니다. 405
설사 그들이 염소처럼 호색적이고,
원숭이처럼 달아 있고, 욕정에 찬 늑대처럼 음탕하고,
술에 취해 몽매한 자처럼 어리석다 해도 말입니다.
그러나 진리의 문턱으로 직접 통하는
정황적이고 간접적인 증거로도 만족하신다면 410
장군님께 알려 드릴 수는 있습니다.

오셀로 내 아내가 나를 배반했다는 산 증거를 대라.

이아고 이 일이 내키지는 않으나, 우직한 정직함과 경애심으로
이 문제에 발을 들여놓았으니 계속하겠습니다.
저는 최근에 캐시오 부관님과 같이 잔 적이 있습니다. 415
전 치통 때문에 고통스러워 잠을 이룰 수 없었습니다.
세상에는 잠결에 심중을 풀어 놓아

자신의 사사로운 일을 뇌까리는 이들이 있는데,
캐시오 부관님이 그런 부류의 사람이었습니다.
자다가 그분이 〈사랑하는 데스데모나, 주의합시다. 420
우리 사랑을 숨기도록 합시다〉라고 하는 것을 들었습니다.
그리고 나서 장군님, 그분은 제 손을 움켜잡고 비틀면서
〈오, 내 사랑〉이라고 외쳤습니다. 그다음에는 너무도 진하게
제게 키스를 했습니다. 마치 제 입술에서 자란 키스들을
뿌리째 뽑기라도 할 듯이 말입니다. 425
그리고 나서 다리를 제 무릎 위에 올려놓고, 한숨짓고,
키스하고, 이렇게 외쳤습니다. 〈저주받은 운명!
그대를 무어 놈에게 주다니!〉

오셀로 오, 망측하고도 망측하구나.

이아고 아니, 이건 그의 꿈일 뿐입니다.

오셀로 그러나 그 꿈은 이미 경험한 바를 말해 주고 있어. 430

이아고 꿈에 불과하지만 아주 의심할 만하지요.
그리고 이것은 어렴풋한 다른 증거들을
확실히 하는 데 도움이 됩니다.

오셀로 내 그년을 갈기갈기 찢어 놓을 테다.

이아고 아니, 슬기롭게 대처하셔야 합니다. 435
아직 직접 본 것도 없고, 부인께서 정숙할지도 모릅니다.
허나 한 가지만 말씀해 주십시오. 장군님께서는 부인께서
딸기 무늬 손수건을 들고 계시는 것을 본 적이 없으십니까?

오셀로 내가 준 걸세. 내 첫 선물이었지.

이아고 그건 몰랐습니다만 틀림없이 부인의 것인데 440

오늘 캐시오가 그 손수건으로 수염을 닦는 것을
보았습니다.

오셀로 그게 그 손수건이라면…….

이아고 그것이 바로 그 손수건이든, 부인의 다른 손수건이든
이는 다른 증거들과 더불어 부인의 부정을 입증합니다.

오셀로 오, 그놈의 목숨이 수만 개였으면 좋겠구나! 445
내 복수를 하기에 하나로는 너무나 부족하다.
이제 네 말이 사실임을 알겠다, 이아고. 내 미련한 사랑은
모두 이렇게 하늘로 날려 보낸다……. 이제 사라졌다.
검은 복수의 신이여, 텅 빈 지옥의 방에서 일어나소서.
오, 사랑이여, 그대 왕관과 가슴속 옥좌를 450
독재자와 같은 증오심에게 넘겨라.
가슴아, 번민으로 부풀어 올라라.
그것은 독사의 혀에서 나온 독과 같으니!

이아고 제발 진정하십시오.

오셀로 오! 피, 피, 피를 보고 말리라! (무릎을 꿇는다)

이아고 고정하십시오. 장군님의 마음이 변할지도 모릅니다. 455

오셀로 절대 아니다, 이아고. 결코 되돌아 흐르는 일 없이
곧바로 프로폰티스 해[30]를 향해,
또 헬레스폰트 해협[31]을 향해
그 바다의 얼음같이 차고 강한 조류를 흘려보내는

---

30 터키 서북부, 유럽과 아시아의 사이에 있는 바다로 현재의 이름은 마르마라 해이다.
31 마르마라 해와 에게 해를 잇는 유라시아 대륙 간의 해협인 다르다넬스 해협의 옛 그리스식 이름.

폰토스 해³²처럼, 잔인한 나의 생각들도　　　　　　　　　460
거센 발걸음으로 결코 되돌아보지 않고
마음껏 복수를 하여 그들을 끝장내 버릴 때까지
사랑에 어울리는 경건한 마음으로 되돌아가지 않을 것이다.
지금 저 대리석 같은 하늘에 대고
성스러운 맹세를 하련다.

이아고　　　　　　　　　아직 일어서지 마십시오.　　465

　　　　　　　　　　　　　　　　(무릎을 꿇는다)

언제나 불타는 너 하늘의 별들이여, 증인이 되어 다오.
우리 주위를 둘러싸고 있는 비바람들이여,
이 이아고가 그 지략, 손, 가슴의 역량 모두를
억울함을 당한 오셀로 장군님을 위해 바치겠다는
맹세의 증인이 되어 다오. 장군님이 명령만 하시면　　　470
그것이 어떤 잔인한 일이라도 복종할 것을
제 의무로 삼겠습니다.　　　　　　　(둘 다 일어선다)

오셀로　　　　　　자네의 충성심에 대해서는
빈말이 아니라 진심으로 감사하고
곧 자네가 할 일을 주겠네.
캐시오가 살아 있지 않다는 말을 앞으로　　　　　　475
사흘 안에 듣게 해주게나.

이아고　　　　　　　　　제 친구는 이제 죽었습니다.
명령대로 거행하겠습니다만 부인은 살려 두시지요.

오셀로　저주받을 음탕한 계집년. 오, 저주를 받아라!

32 유럽 남동부와 아시아 사이에 있는 내해(內海)인 흑해의 옛 이름.

자, 이제 헤어짐세. 나는 물러가 저 아름다운 악마를
신속히 죽일 방도를 마련해야겠네.   480
자네가 이제 내 부관이네.

이아고 저는 영원히 장군님의 종입니다.   (퇴장)

제4장
(같은 장소)

데스데모나, 에밀리아, 광대 등장.

데스데모나 이봐요, 혹시 캐시오 부관님이 어디 묵고 있는지
아세요?

광대 그분이 거짓말을 하는 곳[33]은 말 못 합니다요.

데스데모나 왜요?

광대 그분은 군인인데 군인이 거짓말을 한다고 얘기하면 칼   5
맞습니다요.

데스데모나 쓸데없는 소리 말고, 그가 어디서 지내느냐고요.

광대 제가 그분이 어디서 지내는지를 말씀드리는 것은 거짓
말입죠.

데스데모나 그게 무슨 소리예요?   10

광대 저는 그분이 어디서 지내는지 모릅니다요. 그런데 제

---

33 〈~에 있다〉와 〈거짓말하다〉라는 뜻을 모두 가진 영어 단어 *lie*를 가지고 말
장난을 하고 있다.

가 그분의 거처를 상상해 내어 여기에 묵고 있다, 혹은
저기에 묵고 있다 말하면 그건 새빨간 거짓말이거든요.
데스데모나 혹시 사람들에게 그의 행방을 물어 알아낼 수 있
겠어요?
광대 온 세상 사람들에게 교리 문답을 하여, 즉 질의와 응답
을 통해서 그분을 찾아보겠습니다.
데스데모나 그를 찾아내 이리로 오라고 전하세요. 내가 그
를 위해 남편의 마음을 움직였으니 만사가 잘될 거라고
전해 줘요.
광대 그 일은 사람의 힘으로 할 수 있는 일이니 한번 해보겠
습니다. (퇴장)
데스데모나 그 손수건을 어디에서 잃어버렸을까, 에밀리아?
에밀리아 모르겠어요, 마님.
데스데모나 차라리 금화가 가득 든 돈지갑을 잃어버리는 편이
나았을 거야. 다행히 점잖으신 나의 무어인 낭군님은
마음이 진실하고, 질투심 많은 이들처럼 천박하지 않지.
그렇지 않았더라면 이 일은 충분히
나쁜 생각을 하시게 만들 수도 있어.
에밀리아 장군님은 질투심이 없으세요?
데스데모나 그이가? 그분이 태어난 고장의 태양이
그런 요소들은 그분에게서 다 뽑아낸 것 같아.
에밀리아 장군님이 오시네요.

오셀로 등장.

데스데모나 이번에는 그이가 캐시오를 부르실 때까지
  곁을 떠나지 말아야지. 여보, 기분이 어떠세요?

오셀로 괜찮소, 여보. (방백) 아, 마음을 숨기기가 어렵구나!
  당신은 어떻소, 데스데모나?

데스데모나   좋아요, 여보!

오셀로 손 좀 만져 봅시다. 당신 손이 축축하구려.

데스데모나 아직 나이도 먹지 않고 슬픔도 모르는 손이에요.

오셀로 이는 열매를 잘 맺는다는 것과
  마음이 너무 헤프다는 것을 말해 주는 증거지.
  뜨겁고 뜨거우며 축축한 당신의 이 손은 방종을 막기 위해
  격리시켜야 하고 단식, 기도, 고행, 종교적 수련도 필요하오.
  여기엔 젊고 정욕적인 악마가 들어 있어
  배신하기 쉽기 때문이지. 이 손은 관대한 손이자
  헤픈 손이오.

데스데모나   그렇게 말씀하실 만도 해요.
  제 마음을 주어 버린 것도 바로 이 손이니까요.

오셀로 방종한 손이지. 전엔 마음이 있어야 손을 주었는데,
  요즘 새로운 문장(紋章)에는 손만 있고 진정한 마음은 없지.[34]

데스데모나 무슨 말씀인지 모르겠네요. 자, 약속이나 지키세요.

오셀로 무슨 약속 말이오, 여보?

데스데모나 당신과 말씀 나눌 수 있도록 캐시오를 불렀어요.

---

34 남녀가 결혼하여 손을 맞잡을 때 진실한 마음이 결여되어 있다는 뜻. 일부 비평가들은 이 대사의 〈새로운 문장〉이란 제임스 1세가 새로 도입한 남작 baron 작위를 의미하는 것이라고 주장한다.

오셀로 콧물이 흘러나와 죽겠소.
 당신 손수건 좀 빌려 주구려.
데스데모나 여기 있어요, 여보.
오셀로 내가 준 손수건을 주시오.
데스데모나 지금은 갖고 있지 않은데요. 55
오셀로 갖고 있지 않다고?
데스데모나 그래요. 지금은 없어요, 여보.
오셀로 그렇다면 곤란하오.
 그 손수건은 어떤 이집트인이 우리 어머니께 준 것인데
 그녀는 마술사였고, 사람의 마음을 거의 읽을 수 있었소.
 그녀는 어머니께 그 손수건을 지니고 있으면 사랑스러워져 60
 아버지를 그녀의 사랑에 완전히 굴복시킬 수 있지만,
 그것을 잃거나 누군가에게 주어 버리면 아버지의 눈은
 어머니를 보기 싫어하고, 그분의 정신은 마음에 드는
 새로운 대상을 찾아 나서게 된다고 말씀하셨소.
 어머니는 임종 때 그것을 나에게 주시며, 65
 운이 있어 아내를 얻게 되면 그녀에게 주라고 하셨소.
 난 어머니 말씀대로 당신에게 그것을 주었소.
 이에 유념하여 당신의 귀한 눈처럼 애지중지해 주시오.
 그것을 잃거나 누구에게 주어 버리면 그 무엇과도
 비교할 수 없는 대파멸이 올 것이오.
데스데모나 그럴 리가요? 70
오셀로 사실이오. 그 손수건의 짜임에는 마법이 엮여 있소.
 태양이 2백 번이나 지구를 도는 것을

셈하여 왔다는 한 무녀가

예언적 발작 상태에서 그 수를 놓았으며,

그 비단실도 신성한 누에에서 뽑은 것이고

비법가가 처녀 미라의 심장에서 짜낸 물감으로

염색한 것이오.[35]

데스데모나   정말, 그게 사실이에요?

오셀로   확실한 사실이오. 그러니 잘 간직하시오.

데스데모나   그렇담 애초에 그걸 보지 않았으면 좋았을 것을!

오셀로   아니, 왜?

데스데모나   당신 왜 그처럼 흥분해서 격하게 말씀하세요?

오셀로   잃어버렸소? 없어졌소? 말해 보오. 버려 버렸소?

데스데모나   하느님, 저를 보호해 주세요.

오셀로   정말 그런 거요?

데스데모나   잃어버린 건 아닌데, 만약 잃어버리면 어떻게 되죠?

오셀로   하!

데스데모나   잃어버린 건 아니라니까요.

오셀로   가져와 봐요. 좀 봅시다.

데스데모나   가져올 수는 있지만 지금은 말고요.

이건 제 청을 따돌리시려는 술책이시죠?

제발 캐시오를 다시 받아 주세요.

오셀로   그 손수건을 가져와요. 왠지 꺼림칙하니.

---

35 〈처녀 미라의 심장에서 짜낸 물감으로 물들인〉 실로 수를 놓았다는 이 손수건은 여성의 순결에 대한 남성들의 욕망과 불안을 담은 물건이다. 따라서 이는 사랑의 선물이 아니라 데스데모나의 순결을 강압적으로 가두어 두려는 오셀로의 상징적 그물인 셈이다.

데스데모나 그 얘긴 그만하시고요.

  그런 유능한 사람은 다시는 만나지 못하실 거예요.

오셀로 손수건을 가져와요!

데스데모나   제발, 캐시오 얘기를 해요.

오셀로 손수건을 가져오라니까!

데스데모나   평생 자신의 운명을   95

  당신의 사랑에 걸고

  당신과 위험을 나눈 사람을 —

오셀로 손수건이나 가져오라니까!

데스데모나   정말 너무하세요.

오셀로 젠장!   (퇴장)

에밀리아 이래도 장군님이 질투심이 없으세요?   100

데스데모나 전에는 이런 모습을 본 적이 없었어.

  확실히 그 손수건에는 이상한 힘이 들어 있나 봐.

  그걸 잃어버려서 너무 속상해.

에밀리아 남자의 본심은 한두 해 만에 나타나지 않아요.

  그들은 모두 위장이고 우리 여자들은 모두 음식에 불과해요. 105

  그들은 게걸스레 우리를 먹고, 배가 부르면

  뱉어 버리죠.

    캐시오와 이아고 등장.

    캐시오 부관님과 제 남편이 오네요.

이아고 다른 방법은 없어요. 그 일은 부인이 하셔야 합니다.

오, 마침 저기 계시는군요! 가서 조르세요.

데스데모나 캐시오 부관님, 무슨 소식이라도 있어요?

캐시오 부인, 전에 말씀드린 저의 부탁 말입니다.
부디 부인의 자비로운 도움으로 제가 다시금
장군님의 사랑을 받는 부하가 될 수 있게 해주십시오.
저는 전심으로 장군님께 충성을 다하겠습니다.
더 이상 지체할 수가 없습니다.
제가 범한 죄과가 너무나 치명적이어서
제 과거의 공로나 현재의 불행이나
제가 목적한 미래의 공로도
다시 장군님의 사랑을 받기에 부족하다면
그렇다고 아는 것이 제게 득이 될 것 같습니다.
그러면 저는 억지로 만족한 체하며
운명에 따라 다른 길을
찾아보고자 합니다.

데스데모나 어쩌죠? 착하디착한 캐시오 부관님.
지금으로선 제 소청이 통하질 않네요.
제 남편은 평소의 제 남편이 아니에요.
만약 그분의 얼굴이 그분의 기분처럼 변해 있다면
전 그이를 알아보지도 못했을 거예요.
모든 거룩한 정령이여, 도와주소서! 제가 부관님을 위해
최선을 다해 말했으나, 말을 너무 거침없이 해서인지
그이의 노여움의 대상이 되고 말았어요!
당분간 기다리셔야겠어요. 할 수 있는 것은 해볼게요.

나를 위한 일보다 더 열심히요. 이걸로 만족하셔야겠어요.

이아고 장군님께서 노하셨습니까?

에밀리아 지금 막 이곳에서 나가셨는데
확실히 그분은 이상하게 불안해 보였어요.

이아고 장군님이 화내실 줄도 아세요? 135
저는 대포가 터져 그분의 병졸들을 공중분해시키고,
그분의 형제를 그분의 팔에서 빼앗아 날리는 것도 봤습니다.
그런데 그분이 화도 내실 줄 아세요? 그렇다면 뭔가
중대한 일이 있나 봅니다. 제가 가서 뵙겠습니다.
그분이 화가 났다면 진정 문제가 있습니다. 140

데스데모나 제발 그래 주세요. (이아고 퇴장)
틀림없이 베니스로부터,
혹은 이곳 사이프러스에서, 아직은 드러나지 않은
어떤 국가의 일이 생겨 그이의 맑은 정신을
혼탁하게 만들었을 거야. 이럴 땐 사소한 일들로도
논쟁을 하는 것이 남자들의 본성이지. 145
그들이 싸워야 할 대상은 중요한 일들인데.
그런 상황인 게 분명해. 한 손가락이 아프면
다른 건강한 사지들까지 아프게 하는 것처럼 말이야.
그래서 우리는 남자들을 신이라 생각해서도 안 되고,
또 그들에게서 신혼 때처럼 150
지긋한 보살핌을 기대해서도 안 되는 거야.
나를 많이 꾸짖어 줘, 에밀리아. 난 못나 빠진 병사였어.
그이의 매정함을 속으로 책망했으니.

하지만 이제 나는 증인을 거짓 맹세하게 해서 그이를
부당하게 기소했다는 것을 알게 되었어.
에밀리아 제발 마님 생각대로
그것이 나랏일 때문이길 바라요.
마님에 대한 억측이나 질투심 때문이 아니길.
데스데모나 세상에! 난 그이에게 의심받을 짓을 한 적이 없어.
에밀리아 하지만 질투하는 사람들에게 그런 말은 소용없어요.
그들은 이유가 있어서 질투하는 것이 아니에요.
그저 질투심이 많아서 질투하는 것이죠.
질투심은 스스로 잉태되어 태어나는 괴물이에요.
데스데모나 그 괴물이 오셀로 님의 마음에 근접하지 못하길!
에밀리아 아멘.
데스데모나 그이를 찾으러 가야지. 캐시오, 이 근방에서
거닐고 계세요. 그이의 기분이 괜찮으면 청을 해볼게요.
내 힘껏 노력해 성사시켜 보겠어요.
캐시오 부인, 정말 감사드립니다.

(데스데모나와 에밀리아 퇴장)

비앵카 등장.

비앵카 안녕하세요, 캐시오 나리!
캐시오 어쩐 일이야, 외출까지 하고?
내 귀염둥이 비앵카, 그래, 별일은 없고?
내 사랑, 사실 당신 집으로 가려던 참이었어.

제3막 제4장

비앵카 전 당신의 거처로 가는 중이었어요.
어쩜 일주일이나 발을 끊으세요? 일곱 낮 일곱 밤이나요.
스무 시간의 여덟 배하고도 여덟 시간이나요.
연인이 떨어져 있는 시간은 시곗바늘이 가리키는 시간보다 175
훨씬 지루하잖아요? 셈하는 것도 얼마나 지루하던지!

캐시오 용서해 줘, 비앵카. 그동안 난 납덩이같은 생각에
눌려 지냈어. 하지만 상황이 좀 편해지면
그렇게 오래 찾아가지 못한 빚을 한 번에 갚아 버리겠어.
　　　　　　　　　　(그녀에게 데스데모나의 손수건을 건넨다)
내 사랑, 이것의 수를 본떠 줘.

비앵카 　　　　　　　　　어머, 캐시오, 이건 어디서 났어요? 180
새로 생긴 여자 친구에게서 받은 선물인가 보군요.
오지 않고 나를 고통스럽게 한 이유를 알겠네요.
이렇게 된 거였어요?

캐시오 　　　　　　이 사람 참! 그런 저속한 추측들일랑
악마의 아가리 속에나 처넣어 버려. 원래 그것들은
그곳에서 나왔으니까. 당신, 지금 이 물건을 185
웬 정부에게서 받은 사랑의 징표쯤으로 여기고
질투하는 거지?[36] 맹세코 아니야, 비앵카.

비앵카 　　　　　　　　　그럼 대체 누구 거예요?

캐시오 나도 몰라. 내 방에서 주웠어.
그것의 수가 마음에 들어.[37] 주인이 돌려 달라고 할 것 같아서,

---

36 이아고와 오셀로의 뒤를 이어 비앵카의 질투심은 이 극에 만연한 병리적 심리를 강조하고 있다.

그러기 전에 본을 떠놓으려는 거야.

가지고 가서 수를 본떠 줘. 그리고 지금은 그냥 돌아가.

비앵카 그냥 가라니! 왜요?

캐시오 난 여기서 장군님을 기다리는 중이야.

내가 여자와 함께 있는 것을 그분에게 보이는 것은

내게 도움이 안 되고, 그러고 싶지도 않아.

비앵카   왜요?

캐시오 당신을 사랑하지 않아서가 아니야.

비앵카 나리는 날 사랑하지 않잖아요.

조금만 바래다주세요.

그리고 오늘 밤 일찍 저를 찾아오시겠다고 말해 줘요.

캐시오 조금밖에 바래다주지 못해.

여기서 기다려야 하거든. 하지만 곧 보러 갈게.

비앵카 좋아요. 사정이 그렇다면 어쩔 수 없죠, 뭐.   (퇴장)

---

37 빨간색 딸기 문양이 맘에 든다고 손수건의 자수를 본떠 달라는 캐시오의 모습은 여성들의 정조에 대한 남성들의 공통적인 집착을 암시한다.

제4막

제1장
(같은 장소)

이아고와 오셀로 등장.

이아고 어떻게 생각하십니까?

오셀로   어떻게 생각하냐니, 이아고?

이아고   뭐,
남몰래 키스하는 것 말씀입니다.

오셀로   그거야 용납될 수 없는 키스지.

이아고 또 남자 친구와 벌거벗고 한 시간 혹은 그 이상을
침대에 누워 있었는데, 불순한 의도는 없었다면요?

오셀로 벌거벗고 잠자리에 함께 누워 있었는데   5
불순한 의도가 없었다고? 악마를 속이려는 위선이지.
나쁜 의도 없이 그런 짓을 한다면 악마는
그들의 미덕을 시험하고 그들은 하느님을 시험하는 셈이지.

이아고 아무 짓도 않는다면 용서받을 수 있는 과실이지요.
그런데 만약 제가 아내에게 손수건을 주었다면 —

오셀로 그러면?

이아고 그러면 그건 아내의 것이니까 그녀가
그것을 누구에게 줄 수도 있잖습니까, 장군님.

오셀로 아내의 정조도 아내 것이니
주어 버릴 수 있단 말인가?

이아고 정조란 것이 눈에 보이지 않는 실체이고,
지니지 않은 자들이 지닌 체하는 것은 아주 흔한 일입니다.
하지만 손수건은 —

오셀로 제발. 난 그놈의 손수건은 잊으려고 했는데!
전염병에 감염된 집에 까마귀가 와서 불운을 예고하듯
아, 다시 생각나게 하는군.
자네, 그자가 내 손수건을 가졌다고 했지?

이아고 그랬습니다만, 왜요?

오셀로 그래선 안 되지.

이아고 세상에는 귀찮게 추근거려 여인을 차지하든,
여자 스스로 반해서 자진하여 몸을 바치든,
그 사실을 떠벌리지 않고는 못 배기는 놈들이 널렸는데
그자가 장군님께 불의를 범하는 것을 제가 보았다든가
혹은 그자가 그렇게 말하는 것을 들었다고 말한들
뭐 어떻습니까?

오셀로 그놈이 말했느냐?

이아고 네, 장군님. 그러나 장군님이 분명히 아셔야 할 것은

그자가 잡아떼면 그만이라는 겁니다.

오셀로 그놈이 뭐라 하던가?

이아고 실은 했다고 말했습니다요. 무슨 짓인지는 몰라도.

오셀로 뭘 말이냐?

이아고 누웠답니다.

오셀로 내 아내와 말인가?

이아고 부인하고든, 부인 위에라고든 맘대로 생각하십쇼.

오셀로 내 아내와 누워? 내 아내를 올라타? — 사람들은 모함을 할 때 올라탔다[38]고들 하지! 그녀와 누웠다는 말은 정말 구역질 나는구나 — 손수건! 자백! 손수건! — 자백받고 그 대가로 교수형을 시키자. 아니, 먼저 교수형을 시킨 다음에 자백을 받자. 생각만 해도 몸서리쳐지는구나. 뭔가 예감이 없으면 이처럼 혼란스럽지는 않을 터. 내 몸이 이처럼 떨림은 단순히 말 때문만이 아니다. 빌어먹을! 코와 코, 귀와 귀, 입술과 입술을 맞대다니, 어찌 그럴 수 있단 말인가? — 자백! 손수건! 오, 악마 같은 놈!

(쓰러진다)

이아고 내 독약이여, 계속 효력을 발휘해라.

이리하여 고지식하게 잘 믿는 멍청이들은 덫에 걸리고

훌륭하고 정숙한 부인들은 죄 없이 비난받는구나.

(오셀로에게) 어찌 되신 겁니까, 장군님!

장군님! 오셀로 장군님!

---

38 본문에서 사용된 *lie on*에는 〈~를 속이다〉와 〈~를 올라타다〉의 두 가지 뜻이 있다. 오셀로는 이 대사에서 두 의미를 모두 드러내고 있다.

캐시오 등장.

어쩐 일이세요, 캐시오 부관님?

캐시오 무슨 일인가?

이아고 장군님께서 발작을 일으켜 쓰러지셨어요. 50
이번이 두 번째 발작이에요. 어제도 발작을 하셨거든요.

캐시오 관자놀이 주변을 문질러 드리게.

이아고 안 돼요, 그건.
혼수상태일 때는 가만히 놔두어야 해요.
그러지 않으면 입에 거품을 물고 점점 심해지거든요.
보세요, 몸을 움직이고 계세요. 55
잠시 물러가 주시겠어요?
이제 곧 회복하실 거예요. 장군님이 가시면
중대한 일로 부관님과 이야기 좀 나누고 싶어요.

(캐시오 퇴장)

장군님 괜찮으십니까? 머리를 다치지는 않으셨습니까?

오셀로 나를 놀리는가?

이아고 장군님을 놀리다뇨? 절대 아닙니다. 60
사내답게 운명을 견디셨으면 좋겠습니다.

오셀로 이마에 뿔이 난 사내[39]는 괴물이요, 짐승이지.

이아고 그렇다면 사람이 많이 사는 도시는 짐승투성이이며,
고상한 괴물들도 허다합니다.

오셀로 그자가 자백을 했다고?

39 오쟁이 진 남편.

이아고 장군님 제발 사내가 되십시오.
수염 난 사내들은 다 장군님과 같은 처지라 생각하십시오.
수백만의 남자들이 밤마다 자신들의 전용이라고
감히 맹세하나, 자기만의 것이 아닌 공용 침대에서 잡니다.
장군님의 경우는 그래도 나은 편입니다. 아무런 의심 없이
탕녀와 입을 맞추며 그녀가 정숙하다고 생각한다면
오, 이야말로 지옥의 저주요, 악마의 최대 조롱감이지요!
저라면 알아내고야 말겠습니다. 제가 어떤 신세인지를 알면
그녀를 어떻게 처리해야 하는가도 알게 될 테니까요.

오셀로 역시 자네는 똑똑하군. 분명히 그렇네.

이아고 잠시 숨어 계십시오.
인내심의 울타리만 벗어나지 마시고 말입니다.
조금 전 장군님께서 남자에게는 어울리지 않는 감정인
슬픔으로 정신을 잃었을 때, 캐시오 부관이 왔었습니다.
저는 장군님의 실신에 대해서는
적당한 구실을 대고 그자를 따돌리면서
곧 다시 와서 저하고 이야기 좀 하자고 했습니다.
그자가 그러겠다고 약속했으니 몸을 숨기시고
그자의 얼굴 어디에나 깃들어 있는
조롱, 비웃음, 노골적인 경멸을 지켜보십시오.
제가 어디에서, 어떻게, 얼마나 자주, 얼마나 전에
장군님의 부인을 만났고, 또 언제 만날 것인지를
털어놓게 할 테니 말입니다. 거듭 말씀드리지만
그자의 몸짓을 보기만 하십시오. 제발 인내하셔야 합니다.

그러시지 않으면 전 장군님이 복수심에 사로잡힌 자일 뿐
사내가 아니라고 할 것입니다.

오셀로 이아고, 자네에게
내 인내심을 보여 주지. 하지만 내가 아주
잔인하다는 것도 보게 될 거다. 알겠나?

이아고 당연히 그러셔야죠.
하지만 매사에 때를 보십시오. 물러나 계시겠습니까?

(오셀로 물러간다)

이제 캐시오에게 비앵카 얘기를 물어봐야지.
욕망을 팔아서 빵과 옷을 사는 그 여자는
캐시오에게 홀딱 빠져 있겠다.
많은 남자를 속이면서도 한 남자에게
속고 마는 것이 창녀들의 사나운 팔자지.
그녀 얘기를 들으면 그자는 새어 나오는 미소를
참을 수 없을 것이다. 저기 오는군.

캐시오 등장.

그자가 미소 지으면 오셀로는 미칠 거야.
그리고 질투를 처음 해보는 그는
별것 아닌 캐시오의 웃음, 몸짓, 경박한 행동을
전적으로 잘못 해석하겠지. 좀 어떠세요, 부관님?

캐시오 그대가 부르는 그 칭호로 인해 더욱 괴롭군.
그 칭호를 잃어 죽을 지경이네.

이아고 데스데모나 님께 잘 말씀드려 보세요.
그러면 틀림없을 겁니다. 이 일이 비앵카의 손에 달렸다면
얼마나 빨리 처리됐겠어요!

캐시오 아, 그런 가련한 계집이 무슨!

오셀로 저놈이 벌써 웃는 것 좀 보게!

이아고 남정네를 그처럼 사랑하는 여인은 본 적이 없어요.

캐시오 참, 불쌍한 계집이지! 정말 날 사랑하는 것 같네.

오셀로 저놈이 그 일을 부인하는 척하면서 웃어넘기는군.

이아고 내 말 좀 들어 보시겠어요, 부관님?

오셀로 이제 이아고가
그 얘길 해보라고 청하는 모양이군. 그래, 잘한다, 잘해.

이아고 비앵카가 부관님과 결혼할 거라는 소문을 퍼뜨리던데
정말 그러실 작정이세요?

캐시오 하, 하, 하!

오셀로 이 로마 놈[40]아, 의기양양하냐? 그렇게 의기양양해?

캐시오 그녀와 결혼을 할 거냐고? 뭐? 창녀하고! 부탁인데,
제발 내 분별력도 좀 높이 사주게. 그 정도로 엉망은 아
니라고. 하, 하, 하!

오셀로 오냐, 그래그래. 승자는 웃는 법이지.

이아고 사실, 부관님이 그녀와 결혼한다는 소문이 자자합니다.

캐시오 제발 사실대로 말해 보게.

이아고 그게 사실이 아니면 전 악당이에요.

오셀로 그래, 네놈이 나를 능멸했어? 좋아.

---

40 의기양양하게 개선하는 로마 장군들을 연상하여 한 말이다.

제4막 제1장 **133**

캐시오 그건 원숭이가 하는 허튼소리 같은 걸세. 그녀 혼자 사랑에 빠져 과신한 나머지 내가 자기와 결혼할 것으로 믿게 되었을 뿐이지, 나는 그런 약속 한 적 없네.

오셀로 이아고의 손짓을 보니, 이제 그 이야기를 시작하는군.

캐시오 그녀는 방금 전에도 여기 왔었네. 내가 가는 곳이라면 어디나 졸졸 따라다니지. 전에도 해안가에서 베니스 사람들과 이야기를 나누고 있는데, 거기까지 온 거야. 이 손에 걸고 맹세하는데, 이렇게 내 목에 매달리지 뭔가.

오셀로 마치 〈오, 내 사랑 캐시오!〉라고 외치는 것 같군. 저놈의 몸짓이 그런 뜻을 나타내고 있어.

캐시오 그렇게 매달리고, 축 늘어져 기대어 울고불고하며 나를 잡아당겼다가 끌어당겼다 한다네. 하, 하, 하!

오셀로 지금 저놈은 그년이 자기를 어떻게 내 침실로 끌어들였는지 설명하고 있군. 네놈의 코는 보이지만 그것을 찢어서 던져 줄 개가 안 보이는구나.[41]

캐시오 이제 그녀와는 그만 헤어져야겠네.

이아고 이런! 저기 그녀가 오고 있어요.

비앵카 등장.

캐시오 역시 족제비[42] 같은 년이군! 그것도 향수 냄새[43]를

---

41 전통적으로 상대의 코를 베어 내는 것은 처벌이나 복수의 한 형태였다.
42 족제비는 음탕하고 정욕이 강한 것으로 여겨지는 짐승 중 하나이다.
43 당시 향수를 뿌리는 행위는 창녀들이 하는 행동으로 여겨졌다.

풍기는 족제비. 왜 이렇게 나를 쫓아다니는가?

비앵카 악마와 그 어미가 당신을 쫓아다녀야 하는 건데. 방금 전에 내게 준 손수건은 뭐예요? 그걸 받다니 내가 바보지. 나더러 그 수를 본떠 달라고요? 당신 방 안에서 발견했는데 누가 거기에 갖다 놓았는지는 모르겠다고요? 이건 필시 어떤 여우 같은 년이 준 것일 텐데, 나보고 그걸 본뜨라고요? 자, 여기 있어요. 이런 건 목마[44] 같은 당신의 탕녀에게나 줘요. 어디서 난 물건이든 간에 난 이걸 본뜨지 않겠어요.

캐시오 왜 이래, 사랑하는 비앵카? 왜 이러냐고, 도대체!

오셀로 하느님 맙소사, 저건 내 손수건이렷다!

비앵카 오늘 밤 저녁 식사를 하러 오시겠으면 오세요. 하지만 안 오실 거면 다음번엔 준비가 되어 있을 때 오세요.

(퇴장)

이아고 따라가 보세요, 어서.

캐시오 그래야겠네. 길거리에서 지껄여 댈지 모르니.

이아고 거기서 저녁 하실 거예요?

캐시오 그럴 작정이네.

이아고 어쩌면 부관님을 뵈러 갈지도 몰라요. 긴히 말씀드릴 것이 있거든요.

캐시오 오게나. 올 텐가?

이아고 자, 그만 말씀하시고 어서 가세요. (캐시오 퇴장)

오셀로 (앞으로 나서며) 저놈을 어떻게 죽여야 할까, 이아고?

44 목마는 아무나 올라탈 수 있다는 점에서 헤픈 여자를 상징하는 물건이다.

이아고　자기가 한 나쁜 짓에 웃어 대는 걸 보셨습니까?

오셀로　아, 이아고!

이아고　그리고 손수건도 보셨습니까?

오셀로　그게 내 것이 맞던가?

이아고　맹세코 장군님의 것이었습니다. 그리고 그자가 부인을 얼마나 하찮게 여기는지도 보셨어요? 부인께 받은 것을 창녀에게 주다니.

오셀로　그놈을 9년 동안 질질 끌고 다니면서 죽이고 싶다. 아, 그토록 훌륭하고, 아름답고 사랑스러운 여인이!

이아고　아니, 잊으셔야 합니다.

오셀로　그년은 오늘 밤에 썩어 없어져 지옥으로 떨어지게 만들어야 돼. 살려 두지 않을 테다. 아, 내 심장이 돌로 변했구나. 그걸 치면 내 손만 아프다. 아, 그녀보다 더 사랑스러운 여인은 이 세상에 또 없을 거다. 제왕 옆에서 잔다 해도 제왕을 좌지우지할 여인인데.

이아고　아니, 그런 식으로 나오시면 안 됩니다.

오셀로　교수형에 처해라. 난 그저 있는 그대로의 그녀에 대해 말할 뿐이야. 바느질 솜씨도 빼어난 데다 노래도 잘 부르지. 아, 그녀가 노래를 부르면 난폭한 곰도 유순해질 것이다. 빼어난 지혜와 풍부한 창의력도 지녔고.

이아고　그렇기에 더욱더 나쁜 여자인 것입니다.

오셀로　수십만 배는 더 나쁘지. 게다가 집안도 그처럼 훌륭한 여자가!

이아고　너무 상냥해서 탈이죠.

오셀로 그래, 맞는 말이긴 하다만 너무 애석하네, 이아고. 너무 애석해!

이아고 부인의 잘못에 그렇게 관대하시려면 부정을 저지르게 내버려 두세요. 그 일이 장군님께 상관이 없다면 다른 사람에게야 무슨 상관이 있겠어요.

오셀로 내 이년을 갈기갈기 찢어 버리겠다. 감히 서방질을!

이아고 정말 너무 추잡합니다.

오셀로 그것도 내 부관하고!

이아고 그건 더 추잡합니다.

오셀로 이아고, 오늘 밤 독약을 좀 구해 오너라. 그년과 말을 섞지도 않을 것이다. 아름다운 그녀의 자태가 다시 내 결심을 흔들지도 모르니. 오늘 밤이다, 이아고.

이아고 그 일을 독약으로 하지 마시고, 부인이 더럽힌 바로 그 침대에서 목을 졸라 죽이십시오.

오셀로 그래, 그게 좋겠군. 그 타당성이 마음에 드네. 아주 좋아.[45]

이아고 캐시오를 처치하는 일은 제가 맡겠습니다. 자정까지 소식을 전해 드리겠습니다.

오셀로 아주 좋아. (나팔 소리가 들린다) 그런데 저 나팔 소리는 뭐지?

이아고 베니스에서 뭔가 온 모양입니다.

---

[45] 이렇듯 작품 속 인물들은 하나같이 꼭두각시처럼 이아고가 조종하는 대로 움직인다.

로도비코, 데스데모나, 시종들 등장.

로도비코 님이군요. 공작님께서 보내셨나 봅니다.
보십시오, 부인도 함께 계십니다.
로도비코 안녕하십니까, 장군님!
오셀로 어서 오십시오.
로도비코 공작님과 의원님들께서 안부를 전하셨습니다.
(편지를 준다)
오셀로 그분들의 뜻이 담긴 이 편지에 입을 맞추겠습니다.
(편지를 읽는다)
데스데모나 로도비코 오라버니, 무슨 소식이에요?
이아고 나리를 뵙게 되어 아주 반갑습니다.
사이프러스 섬에 오신 걸 환영합니다.
로도비코 감사하오. 캐시오 부관은 잘 계시오?
이아고 살아 계십니다, 나리.
데스데모나 오라버니, 그분과 남편 사이에 불화가 있었어요.
오라버니라면 두 분을 화해시킬 수 있을 거예요.
오셀로 그걸 확신하오?
데스데모나 뭐라고요, 여보?
오셀로 (읽는다) 〈일을 어김없이 시행하리라 믿소만…….〉
로도비코 네게 말한 것이 아니시다. 서찰을 읽고 계신 거야.
장군님과 캐시오 부관 사이에 틈이 생겼다고?
데스데모나 안타까운 일이에요. 캐시오 님을 아끼기 때문에
어떻게든 두 분을 화해시키고 싶어요.

오셀로 지옥 불에나 타버려라!

데스데모나 뭐라고요?

오셀로 당신 제정신이야?

데스데모나 아니, 저이가 화나셨나?

로도비코 어쩌면 편지 때문에 마음이 상한 건지 몰라. 내가 알기로는, 총독직을 캐시오에게 위임하고 귀국하라는 명령이 내려졌거든.

데스데모나 정말 기쁜 소식이네요.

오셀로 그렇겠지.

데스데모나 뭐라고요?

오셀로 당신이 미친 것을 보니 기쁘오.

데스데모나 어떻게 그런 말씀을!

오셀로 악마 같은 년! (데스데모나를 때린다)

데스데모나 전 아무 잘못도 없는데 왜 이러세요?

로도비코 장군님, 내가 직접 보았다고 맹세해도 베니스에선 이런 일을 믿지 않을 겁니다. 부인께 사과하십시오. 울고 있지 않습니까?

오셀로 오, 악마! 악마 같으니! 만약 땅이 여자의 눈물로 잉태할 수 있다면 저년이 흘리는 눈물방울은 악어를 만들 것이다. 내 눈앞에서 꺼져!

데스데모나 당신 기분이 상한다면 여기 있지 않겠어요.

(나간다)

로도비코 참으로 고분고분한 여자군.

제4막 제1장 **139**

장군님, 부디 부인을 다시 부르세요.

오셀로 부인!

데스데모나 네, 여보?

오셀로 이 여자와 무엇을 하시려오?

로도비코 누구, 저 말입니까, 장군님?

오셀로 그렇소이다. 그녀를 다시 부르라 하지 않으셨소?
그녀는 돌아오고 돌아오고 또 돌아올 거고, 울고 또 울 거요.
말씀하신 대로 고분고분하니 말이오. 지나칠 정도로 말이지.
계속 울어 봐. 오, 격정적인 연기를 잘도 하는구나!
이 서찰에 대해 말씀드리면, 저는 귀국 명령을
받았소이다 — 물러가, 곧 사람을 보낼 테니 —
사령장에 쓰인 대로 곧 베니스로 돌아가겠소 —
어서 꺼지라니까! (데스데모나 퇴장)
캐시오에게 내 자리를 물려주겠소.
그리고 오늘 밤 저녁 식사를 함께해 주시기 바라오.
사이프러스에 온 걸 환영하오.
염소 새끼, 원숭이 새끼처럼 음탕한 것들. (퇴장)

로도비코 이 양반이 그 고결한 무어 장군이란 말인가.
자격이 충분하다고 모든 의원들이 입을 모았는데.
이것이 격정도 흔들 수 없고, 그 어떤 사건이나
운명의 화살이 뚫을 수도, 찌를 수도 없다던
바로 그 고결한 성품이란 말인가?

이아고 많이 변하셨습니다.

로도비코 머리가 어떻게 된 건가? 실성한 게 아니냐는 말일세.

140

이아고 보시는 바와 같습니다. 장군님이 어떻다고 감히 제가   270
비난할 수는 없습니다. 다만 예전의 장군님과 다르시다면
예전으로 돌아가시길 빌 뿐입니다.

로도비코   세상에, 부인을 때리다니!

이아고 정말, 그건 옳지 못한 행동입니다.
그 이상 악화되지 않기를 바랄 뿐입니다!

로도비코   자주 그러시나?
아니면 사령장 때문에 그의 감정이 격해져   275
처음으로 그런 짓을 하신 건가?

이아고   슬프고도 슬픈 일입니다!
제가 보고 경험한 것을 말씀드리는 것은
명예로운 일이 못 될 터. 장군님을 잘 관찰하시면
그분의 행동을 통해 잘 아시게 될 겁니다.
굳이 제가 말씀드리지 않더라도 말입니다.   280
뒤따라가셔서 그분이 계속 어찌하시는지 보십시오.

로도비코 그에게 속은 것이 불쾌하네.   (모두 퇴장)

제2장
(성 안의 한 방)

오셀로와 에밀리아 등장.

오셀로 그렇다면 아무것도 못 보았단 말이냐?

에밀리아 들은 바도 없고 의심해 본 적도 없습니다.
오셀로 그래도 캐시오와 그녀가 함께 있는 것을 보긴 했겠지?
에밀리아 하지만 그때 어떤 좋지 못한 행동은 보지 못했고
 두 분 사이에 오간 말은 한 마디도 빠짐없이 다 들었습니다.
오셀로 그래, 속삭이지도 않더냐?
에밀리오   결코 그런 일 없었습니다.
오셀로 자네를 내보낸 적도 없고?
에밀이어 한 번도요.
오셀로 부채나, 베일, 장갑 같은 걸 가져오라고 내보낸 적은?
에밀리아 없었다니까요, 장군님.
오셀로 이상하군.
에밀리아 장군님, 마님께서 정숙하심은 감히 제 영혼을 걸고
 보장합니다. 장군님께서 달리 생각하신다면 그 생각을
 버리셔야 합니다. 장군님의 마음을 속이는 생각이니까요.
 혹 어떤 못된 자가 그 생각을 장군님의 머릿속에 넣었다면
 신이시여, 뱀에게 내린 것과 같은 저주로 그자를 벌하소서.
 마님이 정숙하지도, 순결하지도, 진실하지도 않다면 세상에
 행복한 남자는 하나도 없고, 아무리 순결해 보이는 여자도
 중상만큼이나 더러울 테니까요.
오셀로   가서 집사람을 오라고 하게.
                                (에밀리아 퇴장)
 말은 잘하는군. 하지만 그 정도도 못 하면 멍청한 뚜쟁이지.
 이 여편네는 간교한 창녀인지라 사악한 비밀들을
 함 속에 넣어 잠가 놓고는 무릎 꿇고 기도할걸.

그런 짓을 하는 걸 보아 왔지.

데스데모나와 에밀리아 등장.

데스데모나 여보, 부르셨어요?
오셀로 이리 와봐요.
데스데모나 왜요?
오셀로 당신 눈 좀 봅시다.
내 얼굴을 들여다봐요.
데스데모나 무슨 끔찍한 생각을 하시는 거예요?
오셀로 (에밀리아에게) 이봐, 자네의 본분을 지키게.
연인끼리 있게 놔두고 문을 닫아 줘.
누가 오면 기침하거나 에헴 소리를 내고.
자네의 비밀스러운 본분을 지키란 말이야, 어서.

(에밀리아 퇴장)

데스데모나 이렇게 무릎 꿇고 여쭐게요. 대체 무슨 말씀이세요?
당신 말 속에 분노가 담겨 있다는 건 알겠는데
무슨 말씀이신지 모르겠어요.
오셀로 도대체 당신은 누구요?
데스데모나 당신의 아내지요, 당신의 참되고 충실한 아내.
오셀로 자, 그렇게 맹세하고 지옥에나 떨어지시오.
천상의 것 같은 그 얼굴 때문에 악마조차 잡아가기를
두려워하겠군. 그 죄로 이중으로 저주를 받으시오.
정숙하다고 맹세해 보시지.

데스데모나　　　　　　　　하늘이 진정 그 사실을 알고 있어요.
오셀로　하늘은 당신이 악마 같은 배반자임을 알고 있소.
데스데모나　누굴 배반했다는 거죠? 누구와요? 뭘 배반했나요?
오셀로　오, 데스데모나! 나가시오, 나가, 나가라고!
데스데모나　아, 참으로 비통한 날이네요.
　당신 왜 우세요? 저 때문에 우시는 거예요, 여보?
　혹시 제 아버지가 당신을 소환했다고 의심하시더라도
　저를 책망하지는 마세요.
　당신이 그분을 버리신다면
　저 역시 그분을 버릴 테니까요.
오셀로　　　　　　　　　설사 하느님께서 고통을 주시어
　나를 시험하셨다고 해도, 온갖 종류의 아픔들과 수치들을
　무방비 상태의 내 머리 위에 비처럼 내렸다고 해도,
　나를 지독한 가난 속에 빠뜨렸다 해도,
　나와 내 희망을 가두었다 해도,
　내 영혼 어느 구석에서든 한 방울의 인내심은
　찾아낼 수 있었을 거요. 허나 아, 슬프도다!
　나를 세상 사람들로부터 두고두고 손가락질받는
　고정된 표적으로 만들다니! 오, 오!
　그래도 그것 역시 나는 잘 견딜 수 있었을 거요, 아주 잘.
　그러나 내 마음 다 바친 곳, 거기서 살거나 죽어야 할 곳,
　내 생명의 물줄기가 흐르거나 마르는 샘 —
　그곳에서 추방당하다니!
　그곳을 흉측한 두꺼비들이 교배하여 알을 까는

물웅덩이로 만들다니!
인내심이여, 그대 어린 장밋빛 입술을 한 천사여,
그대의 고개를 돌려 보지 마시오.
그곳은 지옥처럼 음산하니.

데스데모나 제가 정숙하다고 생각하시길 바라요.

오셀로 암, 도살장에서 알을 까기 무섭게 또 짝짓기를 하는
여름 파리만큼이나. 오, 더러운 잡초여, 왜 이리 아름다운가.
냄새 또한 향기로워 감각마저 아플 지경이요.
오, 당신 같은 사람은 차라리 태어나지 않았다면 좋았을걸!

데스데모나 아, 저도 모르는 무슨 죄를 제가 지었나요?

오셀로 이 깨끗한 종이, 이 지극히 예쁜 책이
〈창부〉라고 적기 위해 만들어졌단 말인가?
무슨 죄를 지었느냐고? 무슨 죄!
온갖 잡놈들의 창부 같으니!
그대가 저지른 일을 이야기하려면 내 뺨을 용광로로 만들고
부끄러움을 태워 재로 만들어야 할 거요.
무슨 죄를 지었느냐고! 하늘은 그 짓에 코를 막고,
달은 눈을 감지. 만나는 것마다 입을 맞추는
바람둥이 바람도 깊은 동굴 속에서 숨죽이고
듣지 않으려 하오. 무슨 죄를 지었느냐고?
뻔뻔한 갈보 같으니!

데스데모나 하늘에 맹세코 부당한 말씀이세요.

오셀로 그대가 갈보가 아니란 말이요?

데스데모나 아니에요, 제가 기독교인이 틀림없듯이.

낭군을 위해 그 어떤 더럽고 부정 탄 못된 손으로부터　　　　85
이 몸을 보호하는 일이 갈보 짓이 아니라면
저는 갈보가 아니에요.
오셀로 갈보가 아니다?
데스데모나 　　　제가 천당에 간다는 사실만큼 분명히요.
오셀로 이럴 수가!
데스데모나 하느님, 도와주세요.
오셀로 　　　　　　　그렇다면 내 용서를 빌어야겠군. 　90
난 당신이 오셀로와 결혼한
베니스의 간교한 창녀인 줄 알았소.

　　　　　　　에밀리아 등장.

이봐, 성 베드로[46]와는 반대되는 직분을 지녀서
지옥문을 지키는 부인! 그래, 너 말이야. 너, 너.
우린 볼일 다 보았네. 이건 수고비일세.　　　　　　95
비밀의 자물쇠를 잠그고, 우리의 만남은 비밀로 해주게나.
　　　　　　　　　　　　　　　　　(퇴장)
에밀리아 저런, 저분이 도대체 무슨 생각을 하시는 건가요?
마님, 괜찮으세요? 마님, 괜찮으시냐고요!
데스데모나 마치 꿈을 꾸고 있는 것 같아.
에밀리아 마님, 장군님하고 무슨 일 있었어요?　　　　100
데스데모나 누구하고?

46 성 베드로Saint Peter는 예수로부터 하늘나라의 열쇠를 받았다.

에밀리아 누구긴요, 주인님하고 말이에요, 마님.

데스데모나 주인님이 누군데?

에밀리아   마님의 서방님요.

데스데모나 내게는 주인이 없어. 아무 말 말아 줘, 에밀리아.
나는 울 수도 없고, 대답할 수도 없어.
눈물로밖에는 말이야. 제발 오늘 밤 내 침대엔
결혼식 때 쓴 시트를 깔아 줘, 잊지 말고.
그리고 에밀리아 남편 좀 불러다 줘.

에밀리아   이렇게나 변하시다니!

(퇴장)

데스데모나 난 이런 취급을 당해 마땅해.
도대체 내가 어떻게 처신해 왔기에 사소한 잘못을
저토록 꼬치꼬치 따지시어 최악의 평가를 내리신 걸까.

에밀리아, 이아고 등장.

이아고 무슨 일이십니까, 부인? 어찌 된 일입니까?

데스데모나 모르겠어요. 어린애들을 가르치는 사람들은
부드러운 방법으로 쉽게 가르치는 법. 사실 나 역시
꾸짖음을 당할 때는 어린애에 불과하니 그 양반도
그런 식으로 나를 꾸짖었어야 했는데.

이아고   무슨 일인데요, 부인?

에밀리아 원 참. 여보, 장군님이 마님을 창녀 취급하고
진실한 사람들은 견딜 수 없는 그런 경멸과 험한 말을

마님께 했다니까요.

데스데모나 내가 그렇게 불릴 여자인가요, 이아고?

이아고 어떻게요?

데스데모나 남편이 나를 일컬었다고 에밀리아가 말한 이름요.

에밀리아 장군님이 마님을 창녀라 하셨어요. 술 취한 거지도 자기 창녀에게 그런 말을 쓸 수는 없을 거예요.

이아고 어째서 그분이 그러셨을까요?

데스데모나 몰라요. 확실한 건 난 그런 여자가 아니란 거예요.

이아고 울지 마십시오, 울지 마세요. 어찌 이런 일이!

에밀리아 마님이 창녀 소리나 들으려고 그 많은 고귀한 가문 사람들과의 혼인, 부친, 조국, 친구들을 다 버리신 건가요? 어찌 울지 않을 수 있겠어요?

데스데모나 다 내 기구한 팔자 탓이지, 뭐.

이아고 이 일로 장군님은 저주를 받으실 겁니다! 왜 그러셨을까요?

데스데모나 몰라요. 하늘이나 알까.

에밀리아 만약 어떤 철저한 악당이, 남의 일에 참견질이나 하고 알랑거리는 못된 놈이, 사기나 치고 다니는 어떤 협잡꾼 놈이 한자리를 얻으려고 이 중상모략을 꾸민 것이 아니라면 정말 전 목을 매겠어요.

이아고 닥쳐. 그런 사람이 어디 있어? 그럴 리가 없어.

데스데모나 그런 자가 있다면 하느님, 그를 용서하소서.

에밀리아 목매는 밧줄이 그를 용서하고[47] 지옥이 그놈 뼈를 갉아먹기를! 장군님은 왜 마님더러 창녀라고 부를까요? 누구랑 사귄다는 거예요?
언제, 어디서, 어떻게, 어떤 방식으로요? 무어 장군님은 어떤
극악무도한 놈에게 속고 계신 거예요. 야비하고 악명 높은
불한당이나 상스럽기 그지없는 놈 말예요. 오, 하느님,
그놈을 드러내시고 정직한 자의 손에 채찍을 쥐여 주셔서
동에서 서까지 온 세상 사람들이 그놈을 알몸으로
매질하도록 해주소서!

이아고 밖에 들리니 조용히 말해.

에밀리아 오, 빌어먹을 놈! 당신의 정신을 뒤집어 놓아
당신이 나와 무어 장군님과의 관계를 의심하게 만든 놈도
그런 놈들 중 하나일 거예요.

이아고 바보 같으니, 그만해.

데스데모나 오, 선량한 이아고,
제 남편의 마음을 돌리려면 어떻게 해야 할까요?
좋으신 분, 그이에게 가보아요. 태양에 걸고 맹세하지만
어떻게 해서 그이의 마음을 잃은 건지 모르겠어요.
이렇게 무릎 꿇어요. 만일 내가 생각으로나 실제 행위로나
그분의 사랑을 배반한 적이 있다면, 혹은 내 눈, 내 귀나
기타 감각이 그이 아닌 것에서 쾌감을 취한 적이 있다면,
지금 그이를 사랑하지 않거나 과거에 사랑하지 않았거나,
혹은 — 그이가 나를 떨쳐 버려 거지 신세가 된다 해도 —
앞으로 그이를 진정 사랑하지 않는다면

---

47 데스데모나의 말을 되받는 대사로, 밧줄로 목매달아 죽음으로써 용서받으라는 의미이다.

안락이여, 나를 버려라! 매정함이 많은 고통을 줄 수 있어 160
그이의 매정함에 제 인생이 파멸되더라도
제 사랑을 바꿀 수는 없어요.
나는 〈창녀〉라는 말을 입에 담을 수도 없어요.
말을 하니 더 끔찍하군요.
세상의 온갖 부귀영화를 다 준다 해도 165
이 칭호를 얻게 만드는 행동을 제게 시킬 수는 없을 거예요.
이아고 진정하세요, 부인. 일시적인 기분에 불과할 겁니다.
국사(國事)가 그분의 마음을 상하게 하여
부인에게 화풀이하신 걸 겁니다.

데스데모나 그뿐이라면야 —

이아고   그뿐일 겁니다. 제가 보장합니다. 170
                (나팔 소리가 울린다)
들어 보십시오. 저녁 식사 자리에 납시라는 나팔 소리입니다.
베니스에서 오신 손님들이 식사를 기다리고 계십니다.
울지 마시고 들어가시지요. 만사가 잘될 겁니다.
                (데스데모나와 에밀리아 퇴장)

로더리고 등장.

어쩐 일이세요, 로더리고 나리?
로더리고 자네는 날 제대로 대하고 있지 않아. 175
이아고 뭘 잘못 대했다는 거예요?
로더리고 자네는 언제나 꼼수를 써서 나를 따돌리고 있어,

이아고. 그뿐 아니라 내 소망을 이룰 기회를 조금이라도 마련해 주기는커녕 언제나 그 기회를 앗아 가버리는 것 같단 말이야. 더 이상은 나도 정말 참을 수가 없네. 또한 이미 내가 바보스럽게 당한 일들을 잠자코 덮어 둘 수도 없어.

이아고 제 말 좀 들어 보세요, 로더리고 나리.

로더리고 실은 자네 말을 너무 많이 들어 왔네. 자네의 언행이 전혀 일치하지 않는데도 말이야.

이아고 절 너무 부당하게 비난하고 계십니다.

로더리고 사실을 말할 뿐이네. 이젠 돈도 한 푼 없어. 데스데모나에게 주겠다고 자네가 가져간 보석들이면 수녀 같은 경건한 독신녀들 절반은 타락시켰을걸. 자네는 그녀가 그것들을 받고서 즉각 호의를 보이며 그 대가로 가깝게 지내게 되리라는 기대와 희망을 주는 대답을 했다고 전했지만, 난 아직 아무것도 받은 바 없네.

이아고 알았어요. 그만 진정하세요.

로더리고 그만 진정하라고? 이 사람아, 난 그만할 수도, 진정할 수도 없어. 이 손을 걸고 맹세하는데, 이건 너무 비열한 짓이고, 자네가 날 바보로 만든다는 걸 알게 됐네.

이아고 알았다고요.

로더리고 알았다면 다가 아니라니까. 내가 직접 데스데모나를 만나려네. 만약 그녀가 내 보석들을 돌려준다면 난 구애를 포기하고 나의 부정한 구애를 회개하겠네. 하지만 만약 그러하지 않는다면 나는 자네에게 보상해 달라고 할 걸세.

이아고 이제야 속셈을 말씀하시는군요.

로더리고 그렇다네. 난 정말로 실행에 옮기려는 것만 말하는 사람일세.

이아고 아, 이제 보니 나리도 기개를 지니셨군요. 이제부터 나리를 전보다 더 높이 평가해야겠습니다. 악수 한번 합시다, 로더리고 나리. 나리가 저에게 반감을 갖고 있는 건 당연합니다. 하지만 전 나리의 일을 아주 정직하게 해왔습니다.

로더리고 그래 보이지 않았네.

이아고 겉으로 그래 보이지 않았다는 건 인정합니다. 나리가 의심하는 것도 일리가 있고 그럴 만합니다. 그러나 로더리고 나리, 만약 나리가 정말 결의와 기백과 용기를 지니고 계시다면, 그걸 오늘 밤 보여 주세요. 전 나리가 그런 것들을 지니고 계시다는 것을 과거 어느 때보다 믿게 되었거든요. 만약 나리가 내일 밤 데스데모나를 즐기시지 못한다면 사기죄로 이 세상에서 절 제거할 방법을 강구하십시오.

로더리고 그래, 그 일이란 게 이치에 닿고, 내가 할 수 있는 것인가?

이아고 나리, 캐시오에게 오셀로의 직을 위임하라는 특별 명령이 베니스로부터 왔습니다.

로더리고 그게 사실인가? 그렇다면 오셀로와 데스데모나는 베니스로 돌아갈 것이 아닌가?

이아고 아, 아닙니다. 그는 아름다운 데스데모나를 데리고 모
리타니[48]로 갈 겁니다. 만약 어떤 사건이 일어나서 그를
이곳에 계속 머물게 하지 않는다면 말이죠. 그렇게 하는
데는 캐시오를 제거하는 것처럼 확실한 것이 없습니다.

로더리고 제거하다니, 그게 무슨 뜻인가?

이아고 그거야 그자가 오셀로의 직을 맡을 수 없게 그자의
머리통을 깬단 말이죠.

로더리고 그리고 자네는 그 일을 내가 했으면 하는 거고?

이아고 그래요. 나리가 나리의 이익과 권익을 위해서 그리
할 수만 있다면 말입니다. 캐시오는 오늘 밤 창녀 집에
서 저녁 식사를 할 건데 저도 그자를 만나러 그리 갈 겁
니다. 그는 아직 자신의 영예로운 행운을 모르고 있어요.
나리가 그곳에서 기다리고 있으면, 제가 12시에서 1시
사이에 그자를 내보내겠습니다. 그러면 나리는 그자를
맘대로 처리할 수 있죠. 저도 근처에 있다가 나리를 도우
면 그자는 우리의 협공에 쓰러질 겁니다. 자, 놀라서 서
있지만 말고 같이 가세요. 나리가 왜 그자를 죽여야 하
는지 설명하겠습니다. 이제 저녁때가 다 되었고 밤도 깊
어 가고 있어요. 때가 됐습니다.

로더리고 이 일을 해야 하는 이유를 더 자세히 들어 봐야겠네.

이아고 납득이 가도록 설명해 드리겠습니다. (모두 퇴장)

---

48 공식 명칭은 〈모리타니 이슬람 공화국〉으로 북서아프리카의 사하라 서부
에 있는 나라이다. 고대의 베르베르 모리타니아 왕국 이름을 따서 붙인 명칭이다.
인구의 70퍼센트가 베르베르인과 흑인의 혼혈인 무어인이고, 나머지는 흑인종이
다. 무어인은 목축민으로 이슬람교를 믿으며 아랍어를 사용한다.

제3장

(사이프러스 섬)

오셀로, 로도비코, 데스데모나, 에밀리아, 시종들 등장.

로도비코 제발, 이제 그만 들어가세요, 장군님.
오셀로 아, 괜찮습니다. 걷는 건 제 건강에도 좋습니다.
로도비코 데스데모나, 잘 있어라. 정말 고마웠다.
데스데모나 와주셔서 고마웠어요.
오셀로   좀 걸으실까요?
  아, 데스데모나 —
데스데모나   네, 여보?
오셀로   먼저 잠자리에 드시오.
  내 곧 돌아올 테니. 몸종도 돌려보내고 말이오.
  그리하시오.
데스데모나 그렇게요, 여보. (오셀로, 로도비코, 시종들 퇴장)
에밀리아 어찌 된 거죠? 장군님이 좀 부드러워 보이세요.
데스데모나 그이가 곧 돌아오신대.
  내게 먼저 잠자리에 들고
  자네도 보내라고 하시네.
에밀리아   저를 돌려보내라고요?
데스데모나 그렇게 명하셨어. 그러니 에밀리아,
  내 잠옷이나 꺼내 주고 가봐.
  이제 그이의 기분을 상하게 하면 안 돼.

에밀리아 마님이 장군님을 만나지 않았다면 좋았을 텐데요.

데스데모나 그렇지 않아. 그이에 대한 내 사랑은 너무나 커서
그분이 완고하게 인상을 쓰고 질책해도 — 핀 좀 뽑아 줘—
위엄 있고 매력적으로 보일 뿐이야.

에밀리아 말씀하신 시트를 침대 위에 펴놓았어요.

데스데모나 이불은 다 매한가지인데, 사람의 마음이란
참 어리석지! 만약 내가 자네보다 먼저 죽으면
그 이불로 내 시체를 싸줘.

에밀리아 원, 별말씀을 다 하시네요.

데스데모나 우리 어머니에겐 바버리라는 하녀가 있었어.
그녀가 사랑에 빠졌는데 그녀가 사랑한 남자가 미쳐서
그녀를 버렸어. 바버리는 「버들가지」라는 노래를 불렀지.
오래된 노래인데 그녀의 신세를 잘 표현한 내용이었어.
바버리는 그 노래를 부르면서 죽어 갔어.
바로 그 노래가 오늘 밤 내 마음에서 떠나질 않아…….
할 일이 많지만 나는 머리를 한쪽으로 숙이고
가련한 바버리처럼 노래를 부를래. 제발 어서 가봐.

에밀리아 가서 가운을 가져올까요?

데스데모나 아냐. 여기 핀이나 빼줘.

에밀리아 로도비코 님은 참 늠름하세요.
아주 미남이시기도 하고요.

데스데모나 말씀도 잘하시지.

에밀리아 전 그분의 아랫입술에 입 맞출 수 있다면 맨발로
팔레스타인까지도 걸어갈 베니스 여자를 알고 있어요.

데스데모나 (노래한다)

　　가여운 여인 무화과 옆에 한숨지으며 앉아 있네.
　　불러라, 불러. 푸른 버들가지 노래를　　　　　　　　　　40
　　가슴에 손을 얹고, 무릎에 머리를 묻고
　　불러라, 불러. 버들, 버들.
　　신선한 냇물 곁에 흘렀고 그녀는 중얼중얼 탄식했네.
　　불러라, 불러. 버들, 버들.
　　그녀의 짠 눈물이 떨어져 바윗돌을 녹였네.　　　　　　45
　　불러라, 불러. 버들, 버들.
　(에밀리아에게) 이것들 좀 치워 줘. (노래한다)
　　불러라, 불러. 버들, 버들.
　(에밀리아에게) 제발 서둘러. 그이가 곧 올 거야. (노래한다)
　　불러라, 불러. 푸른 버들이 내 화관이 되어야 한다고.　50
　　아무도 그이 책하지 마요. 나 그이의 멸시 인정하니.
　아니, 이건 다음 가사가 아닌데. 쉿! 누가 문을 두드리지?

에밀리아　바람 소리예요.

데스데모나 (노래한다)

　　내 임을 거짓 임이라 불렀더니, 임은 뭐라 했던가?
　　불러라, 불러. 버들, 버들.　　　　　　　　　　　　　55
　　나 더 많은 여인 만나면 그대 더 많은 남자와 동침할걸.
　(에밀리아에게) 이제 그만 가봐. 안녕. 눈이 가렵네.
　눈물 흘릴 일이라도 생기려나?

에밀리아　　　　　　　그럴 리가요.

데스데모나　난 그렇다고 들었는데.

오, 남자들, 남자들이란! 말해 봐, 에밀리아.
정말 그런 못된 짓거리로 남편을 욕보이는 여자들이
있다고 생각해?

에밀리아 물론, 그런 여자들도 있지요.

데스데모나 자넨 온 세상을 다 준다면 그런 짓을 하겠어?

에밀리아 그럼 마님은 안 하시겠어요?

데스데모나 절대. 저 하늘의 빛에 걸고 맹세해.

에밀리아 저도 안 하지요. 저 하늘의 빛 속에서는.
하지만 어둠 속에서야 할 수 있지요.

데스데모나 온 세상을 다 준다면 그런 짓을 할 거야?

에밀리아 세상은 어마어마한 거예요. 작은 죄의 대가치고는
큰 보상이죠.

데스데모나 자네가 정말로 그리하지는 않을 거야.

에밀리아 전 정말 그렇게 할 거예요. 그 짓을 한 다음에 다시
취소하면 되지요. 물론 쌍가락지나 리넨 조각, 가운이나
속치마나 모자 같은 것 따위를 받고 그런 짓을 하지는
않죠. 하지만 온 세상을 다 준다는데 — 남편을 군주로
만들기 위해서라도 — 서방질을 마다한다면 참 딱한 일
이지요. 저는 그걸 위해서라면 연옥에 가는 것도 불사하
겠어요.

데스데모나 온 세상을 준다고 해서 그런 짓을 저지른다면,
저에게 저주를 내리소서!

에밀리아 아니, 그 부정은 세인의 눈에만 부정이지요. 노동
의 대가로 세상을 받는다면 그건 자신만의 세상에서 부

제4막 제3장

정을 저지른 것이 되니 빨리 바로잡으면 되죠.
데스데모나 난 그런 여자들이 있다고 생각하지 않아.
에밀리아 있어요, 그것도 많이요.
그들이 보상으로 받기로 한 이 세상을 다 채울 만큼요.
하지만 전 아내들의 타락이 남편들의 잘못이라 생각해요.
다시 말해 남편들이 의무를 소홀히 하고
우리의 보물을 외간 여인의 무릎 위에 쏟아부은 탓이지요.
아니면 엉뚱한 질투심으로 분통을 터뜨리면서
우리를 구속한 탓이지요. 아니면 우리를 때린다든가
전에 주던 용돈을 악의로 줄인다든가 한 탓이지요.
왜, 여자들도 성질이 있거든요. 여자들은 상냥하기도 하지만
앙갚음을 할 때도 있는 거예요. 뭇 남편들에게 알려야 해요.
그들의 아내들도 그들처럼 감정을 갖고 있다는 걸 말예요.
아내들도 남편들처럼 보고, 냄새 맡고, 달고 쓴 것에 대한
미각도 갖고 있어요. 그들이 아내 대신 딴 여자를 택할 때
그들이 하는 짓이 무엇이지요? 재미 보는 일일까요?
그럴 거예요. 욕정 때문에 그런 짓을 할까요?
그럴 거예요. 그런 실수를 하는 건 나약해서 일까요?
역시 그럴 거예요. 그러면 우린 남자처럼
욕정도, 재미 보고 싶은 욕망도, 나약함도 없나요?
그러니 남편들은 우리를 잘 대접해야 해요.
우리들의 잘못은 그들의 잘못이 가르친 결과임을 알아야지요.
데스데모나 가서 자, 어서. 하느님, 악에서 악을 취하지 않고,
악한 것을 통해 허물을 고칠 수 있도록 해주소서. (모두 퇴장)

제5막

제1장
(사이프러스 거리)

이아고와 로더리고 등장.

이아고 이 상점대 뒤에 숨어 계세요. 그자가 곧 올 거예요.
잘 드는 단도를 빼 들고 있다가 푹 찌르세요.
어서, 어서요. 제가 바로 곁에 있을 테니 아무 걱정 마세요.
이 일로 우린 성공할 수도, 망할 수도 있어요.
이 점을 생각하고 마음 굳게 잡수세요.   5
로더리고 가까이 있게나. 내가 실수할 수도 있으니.
이아고 여기 바로 곁에 있을게요. 용기 내고 칼을 뽑으세요.
(물러간다)
로더리고 별로 내키는 일은 아니지만, 저 친구 말에도
일리는 있어. 까짓것 사람 하나 없애는 건데, 뭐.
나와라, 칼아! 캐시오 놈은 이제 죽었다.   10

이아고 저 애송이의 부스럼을 생살까지 비벼 주었더니
이제야 성이 난 모양이군.
저놈이 캐시오를 죽이든, 캐시오가 저놈을 죽이든,
아님 서로가 서로를 죽이든, 어느 쪽이든 내겐 득이 된다.
로더리고가 살아남으면, 데스데모나에게 보내는 선물로
내가 낚아챈 금은보석을 상환해 내라고 할 테지.
그렇게 되어서는 안 되지.
캐시오가 살아남으면, 그자는 나날이 아름다움을 드러내어
날 추하게 만들 거야. 게다가 무어 놈이
내가 한 말을 그 녀석에게 할지도 몰라.
그럼 난 위험에 처하게 되지. 안 되지.
그자는 죽어야 해, 반드시. 놈이 오는 소리가 나는군.

      캐시오 등장.

로더리고 내가 놈의 걸음걸이를 알지. 그놈이다. 죽어라!
            (캐시오를 찌른다)
캐시오 하마터면 일격에 정말 죽을 뻔했군.
하지만 내 코트는 네가 생각한 것보다 두껍지.
어디 네놈의 코트는 얼마나 두꺼운지 보자.
     (칼을 빼 로더리고에게 상처를 입힌다)
로더리고   아이고, 나 죽네!
    (이아고가 뒤에서 캐시오의 다리를 찌르고 퇴장)
캐시오 난 영영 병신이 되었군. 불을 밝혀라! 살인이다, 살인!

오셀로 등장.

오셀로 캐시오의 목소리군. 이아고가 약속을 지켰구나.
로더리고 아, 내가 죽일 놈이지.
오셀로 암, 그렇고말고.
캐시오 사람 살려! 여봐라, 불을 밝혀라! 의사를 불러라! 30
오셀로 그놈이 맞는군. 용감한 이아고, 정직하고 정의롭게도
친구가 당한 불의를 이렇게 훌륭하게 갚아 주다니!
내게 본을 보이는구나 — 요부 년아, 네 애인은 죽었다.
네년의 운명도 곧 닥쳐올 거다. 갈보 년아, 내가 간다.
요망한 마력을 지닌 네년의 눈도 내 가슴에서 지웠다. 35
음탕한 짓으로 얼룩진 네 침대를 음탕한 피로 물들이겠다.
(퇴장)

로도비코와 그라시아노 등장.

캐시오 이보시오! 야경꾼도 없소? 행인도? 살인이오, 살인!
그라시아노 고함 소리가 긴박하군. 변고가 생긴 모양이네.
캐시오 오, 사람 살려!
로도비코 가만! 40
로더리고 오, 난 몹쓸 악당이 되고 말았구나!
로도비코 두세 사람이 신음하는군요. 음산한 밤입니다.
이는 사람들을 끌어들이려는 가짜 신음 소리일 수도 있어요.
우리끼리 신음 소리가 나는 곳으로 가는 건 위험합니다.

로더리고 아무도 안 오는구나! 그럼 난 출혈로 죽게 되겠지.

이아고가 횃불을 들고 등장.

로도비코 가만!
그라시아노 누가 셔츠 바람으로 오는군. 횃불과 무기를 들고.
이아고 게 누구요? 살인이라고 소리친 사람은 누구요?
로도비코 우리는 모르오.
이아고   비명 소리를 듣지 못하셨습니까?
캐시오 여기요, 여기! 제발 살려 주시오!
이아고   무슨 일이오?
그라시아노 이 사람은 오셀로 장군의 기수네, 내가 알기로는.
로도비코 정말 그렇군요. 아주 용감한 사람이지요.
이아고 아니, 어쩌다 그처럼 비명을 지르며 여기 계신 거예요?
캐시오 이아고? 오, 난 불구가 되었네.

  악당들에게 당했어! 날 좀 도와주게.

이아고 아니, 부관님! 어떤 악당 놈들이 이런 짓을 했어요?
캐시오 그중 한 놈은 이 근처에 있을 걸세.

  달아나지 못했으니.

이아고   못된 악당 놈들 같으니!

  거기 계신 분들은 누구신가요? 와서 좀 도와주세요.

로더리고 오, 날 좀 살려 주시오!
캐시오 저자가 그중 한 놈이네.
이아고   이 살인자! 이 악당 놈아!

(로더리고를 찌른다)

로더리고 이 저주받을 이아고! 오, 비정한 개 같은 놈, 오!

이아고 어둠 속에서 사람을 죽여! 살인마 놈들은 어딨나?
거리가 왜 이리 조용한 거야! 이봐요, 살인이야, 살인!
당신들은 누구요? 선한 사람 편이오, 악한 사람 편이오?

로도비코 우리가 누군지 알게 되면 칭송을 할 걸세.

이아고 로도비코 나리 아니세요?

로도비코 그렇다네.

이아고 용서해 주십시오. 캐시오 님이 악한들에게 당했습니다.

그라시아노 캐시오가!

이아고 어떠세요, 부관님?

캐시오 다리가 두 동강이 났네.

이아고 하느님, 맙소사! 나리님들, 불 좀 들어 주십시오.
내 셔츠로 상처를 동여매야겠습니다.

비앵카 등장.

비앵카 무슨 일이에요, 네? 비명을 지른 사람이 누구죠?

이아고 비명을 지른 사람이 누구냐고?

비앵카 오, 내 사랑 캐시오 나리!
내 사랑 캐시오 나리가! 캐시오 나리, 캐시오 나리!

이아고 오, 악명 높은 창녀 같으니! 캐시오 부관님,
나리를 이렇게 난도질한 자들이 누군지 짐작하시겠어요?

캐시오 아니, 모르겠네.

제5막 제1장 **165**

그라시아노 이렇게 되다니 참 안되었네.
  자네를 찾고 있었는데.
이아고 상처를 맬 양말대님 좀 빌려 주세요. 됐어요.
  오, 부관님을 쉽게 모셔 갈 들것이 하나 필요한데!
비앵카 어쩌나, 이 양반이 정신을 잃으시네! 오, 캐시오 나리!
이아고 나리님들, 이 걸레 같은 년이 이 일에
  관여한 것 같다는 의심이 듭니다. 조금만 참으세요, 부관님.
  등불을 좀 줘보세요. 우리가 아는 얼굴인가요, 아닌가요?
  이런, 나와 절친한 고향 사람 로더리고 나리잖아?
  아니야 — 아니, 확실해. 오, 하느님! 로더리고 나리가!
그라시아노 베니스의 로더리고 말이오?
이아고   예, 이자를 아십니까?
그라시아노 아느냐고! 알고말고.
이아고 그라시아노 나리셨군요. 너그러이 용서하십시오.
  이 피비린내 나는 사건으로 그만 몰라 뵙고
  결례를 범했습니다.
그라시아노   만나서 반갑소.
이아고 좀 어떠세요, 캐시오 님? — 오, 들것, 들것을 가져와요!
그라시아노 로더리고라!
이아고 바로 그 사람입니다.   (들것이 온다)
            아, 잘되었다. 이리 가져오시오.
  누구든 너그러우신 분이 이분을 조심히 모셔 가주십시오.
  저는 장군님의 의사를 부르겠습니다.
            (비앵카에게) 자넨 괜한 짓 관두고.

캐시오 님, 칼에 찔려 쓰러진 자는 제 막역한 친구였어요.
도대체 두 사람 사이에 무슨 원한이 있었습니까?
캐시오 전혀 없었네. 난 그자를 알지도 못하네.
이아고 (비앵카에게) 아니, 왜 그렇게 창백해 보이지? —
그분을 안으로 모셔요.   (캐시오와 로더리고가 실려 나간다)   105
나리님들, 잠깐만요 — 이 여자야, 왜 그렇게 창백하냐고!
두 분, 이 여자의 눈동자가 보이세요? — 그렇게 노려봐도
소용없어. 곧 많은 게 밝혀질 테니 — 이 여인을 보세요.
잘 들여다보십시오. 아시겠어요, 나리님들? 아, 죄를 지으면
혀를 놀리지 않더라도 스스로를 드러내는 법입니다.

에밀리아 등장.

에밀리아   어머,   110
어찌 된 일이죠? 무슨 일이에요, 여보?
이아고 캐시오 부관님이 어둠 속에서
로더리고와 도망친 그의 친구들에게 습격을 당했어.
캐시오 부관님은 거의 죽을 뻔했고, 로더리고는 죽었어.
에밀리아 그 나리가! 세상에, 그 사람 좋으신 캐시오 님이!   115
이아고 이게 다 바람기 때문에 생긴 일이야, 에밀리아.
가서 부관님이 오늘 어디에서 저녁을 먹었는지 알아봐.
(비앵카에게) 아니, 그 말에 왜 그리 몸을 떨지?
비앵카 우리 집에서 드셨어요. 하지만 그래서 떠는 건 아녜요.
이아고 오, 그랬나? 자네, 나와 좀 같이 가야겠네.   120

에밀리아 아, 더러워. 추잡한 창녀 같으니!

비앵카 나는
창녀가 아니에요. 나를 능멸하는 당신 못지않게
나도 정직한 삶을 살고 있다고요.

에밀리아 나 못지않게? 더럽고 추한 것이!

이아고 여러분, 불쌍한 캐시오 님이 치료받는 걸 보러 갑시다.
자네도 따라오게나. 자네는 사실을 고백해야 할 게야.   125
에밀리아, 성으로 뛰어가서 장군님과 부인께
이 사건을 말씀드려요. 여러분, 가실까요?
(방백) 오늘 밤은 내가 아주 일어서든가
아주 파멸하든가 하는 밤이다.   (퇴장)

제2장
(사이프러스 성의 침실)

데스데모나가 침대에서 잠들어 있다.
오셀로가 등불을 들고 등장.

오셀로 그것 때문이다, 그것. 내 영혼이여 —
순결한 별들아, 그것을 그대들에게 들먹이지는 않으련다 —
그것 때문이다. 허나 그녀의 피는 흘리지 않겠다.
눈보다 희고, 묘비의 대리석보다 부드러운 그녀의 피부에
상처도 내지 않겠다. 그래도 그녀는 죽어야 한다.   5

안 그러면 더 많은 남자들을 배반할 테니.
이 등불을 끄고, 그다음 그녀 생명의 불길을 끄자.
그대, 타는 등불아, 내 그대를 끈다 해도
먼저처럼 불을 되살릴 수 있다. 뉘우치기만 한다면.
그러나 그대의 불길 한번 끄면, 가장 오묘하게 만들어진   10
훌륭한 자연의 걸작품인 그대여, 그대 생명의 불길을
다시 일으킬 수 있는 프로메테우스[49]의 불이 어디에 있는지
난 모른다. 내가 그대의 장미꽃을 따면 그것에 다시
생기를 넣어 자라게 할 수 없어 그것은 시들 수밖에 없지.
아직 나무에 달려 있는 그대의 향기를 맡아 보련다.   15
                    (그녀에게 입 맞춘다)
오, 향기로운 숨결, 정의의 여신[50]도 칼을 꺾어 버리겠구나!
한 번만 더. 죽은 다음에도 이러하여라. 그러면 나 그대를
죽인 후에 그대를 사랑하련다. 마지막으로 한 번만 더.
달콤한 것치고 이처럼 치명적인 것이 또 있었을까?
울지 않을 수 없구나. 이 눈물은 매정한 눈물이요,   20
이 슬픔은 천상의 것이다. 하늘은 사랑하는 자를 내치신다.[51]

---

49 그리스 신화에 나오는 티탄족으로 〈먼저 생각하는 사람〉이라는 뜻이고, 동생은 에피메테우스로 〈나중에 생각하는 사람〉이라는 뜻이다. 동생이 생각 없이 신들의 선물을 모두 동물들에게 나누어 주어 인간에게 줄 것이 하나도 없게 되자 제우스의 불을 훔쳐다 인간들에게 주었다고 한다. 이로써 그는 인간에게 맨 처음 문명을 가르친 자로 여겨지지만, 그 죄로 청동 사슬로 바위산(코카서스 산)에 묶여 독수리에게 간을 쪼아 먹히는 벌을 받았다.

50 정의의 여신 Justice은 오른손엔 칼을 쥐고, 왼손에는 저울을 들고 있는 여인의 모습으로 묘사되어 왔다. 저울은 엄정한 정의의 기준을 상징하고, 칼은 그러한 기준에 의거한 판정에 따라 정의가 실현됨을 의미한다.

잠에서 깨어나고 있군.

데스데모나 누구세요? 오셀로 당신이세요?

오셀로 그렇소, 데스데모나.

데스데모나 잠자리에 드시겠어요, 여보?

오셀로 오늘 밤 기도를 했소, 데스데모나?

데스데모나 그럼요, 여보. 25

오셀로 아직도 하느님께 용서를 빌지 않은 죄가

남아 있는 것 같으면

지금 빨리 빌어요.

데스데모나 아니, 여보, 그게 무슨 말씀이세요?

오셀로 글쎄, 어서 그리하오. 짤막하게. 여기서 걷고 있겠소. 30

난 준비되지 않은 그대의 영혼을 죽이고 싶지는 않소.

안 되지, 절대! 당신의 영혼은 죽이고 싶지 않소.

데스데모나 절 죽이시겠다고요?

오셀로 그렇소.

데스데모나 그렇다면 하느님,

저에게 자비를 베푸소서!

오셀로 충심으로 아멘!

데스데모나 그런 말씀을 하시니 저를 죽이지는 않겠네요. 35

오셀로 음!

데스데모나 하지만 두려워요. 눈을 그런 식으로 돌리실 때,

당신은 끔찍한 일을 벌이시니까요. 왜 두려워해야 하는지

---

51 「히브리인들에게 보낸 편지」 12장 6절 참조. 〈주님께서는 사랑하시는 자를 견책하시고 아들로 여기시는 자에게 매를 드신다.〉

모르겠어요. 제 죄를 모르니까요. 그런데도 두려워요.

오셀로 당신의 죄를 생각해 봐요.

데스데모나 당신을 사랑한 죄밖에 없어요. 40

오셀로 그것 때문에 죽어야 해.

데스데모나 사랑 때문에 죽이다니 말도 안 돼요.
아니, 왜 그렇게 아랫입술을 깨물고 계세요? 잔인한 격정이
당신의 몸을 떨게 하고 있어요. 당신이 무슨 짓을 할지
그것이 말해 주는군요. 하지만 바라고 또 바라요. 45
그것이 저를 향한 것이 아니기를.

오셀로 입 다물고 가만히 있어.

데스데모나 그러겠어요. 그런데 무슨 일이에요?

오셀로 내가 그처럼
소중히 여기다가 선물한 그 손수건을 넌 캐시오에게 줬어.

데스데모나 제 목숨과 영혼을 걸고 맹세하지만 절대 아녜요.
그분을 불러다가 물어보세요.

오셀로 이봐, 위증을 조심해. 50
넌 지금 임종의 자리에 누워 있잖아.

데스데모나 네, 하지만 아직은 안 죽었어요.

오셀로 곧 죽을 거야.
그러니까 지은 죄를 모조리 털어놔.
죄 하나하나를 맹세로 부인하더라도
그것들 때문에 신음하고 있는 내 강한 확신을 55
없애거나 누를 수는 없으니, 당신은 죽어야 해.

데스데모나 그렇다면 하느님, 저에게 자비를 베푸소서!

제5막 제2장 **171**

오셀로   아멘!

데스데모나 당신께도 신의 자비가 있기를! 전 결코 당신께
  잘못한 것이 없어요. 하느님께서 일반 사람에게 허락하시는
  그런 사랑을 제외하면. 캐시오를 사랑한 적도 없고,
  그에게 사랑의 정표를 준 적도 없어요.

오셀로 맹세코, 내 손수건이 그놈의 수중에 있는 것을 보았어.
  오, 거짓 증언을 하다니! 당신은 대담하게도
  내가 하려는 일을 살인으로 만들고 있군.
  나는 그것을 희생제라 생각했는데.
  그 손수건을 내 눈으로 보았다고.

데스데모나   그가 주운 것이겠지요.
  전 준 적이 없어요. 그를 데려다가
  진실을 말하도록 하세요.

오셀로   그놈이 벌써 다 고백했어.

데스데모나 뭘요, 여보?

오셀로   그놈이…… 네년의 몸을 차지했다고.

데스데모나 어떻게? 부정하게요?

오셀로   그래.

데스데모나   그리 말했을 리가 없어요.

오셀로 못 하지. 그놈의 입은 막혔으니까.
  충직한 이아고가 그렇게 처리했으니까.

데스데모나   아, 불길한 예감대로…….
  그럼 그분이 죽었나요?

오셀로   그자의 머리카락 하나하나가

다 목숨을 지녔다 해도 내 복수심은 채워지지 않아.

데스데모나 슬프게도 그는 음모에 빠졌고 난 파멸당하는구나!

오셀로 이런 갈보 년! 그놈 때문에 내 면전에서 눈물을 흘려?

데스데모나 저를 내쫓으시고, 죽이지는 마세요!

오셀로 앉아, 이 갈보 년아!

데스데모나 내일 죽이세요. 오늘 밤만은 살려 주세요.

오셀로 아니, 만약 네가 저항한다면 —

데스데모나 반 시간만이라도요.

오셀로 이렇게 된 바에 멈출 순 없어.

데스데모나 기도할 동안만이라도요.

오셀로 너무 늦었어.

데스데모나 오, 주님, 주님, 주님!　　　(그녀의 목을 조른다)

에밀리아 (안에서) 장군님, 좀 보세요! 장군님, 장군님!

오셀로 누구 목소리지? 아직 안 죽었나? 완전히 죽지 않았나?
난 잔인하기는 해도 자비심이 있어서
그대의 고통을 오래 끌고 싶지는 않다.
그러니 이렇게, 이렇게.

에밀리아 (안에서) 이것 보세요, 장군님, 장군님!

오셀로 누구냐?

에밀리아 (안에서) 오, 장군님. 드릴 말씀이 있습니다!

오셀로 그래, 에밀리아군.

　　　(에밀리아에게) 곧 가겠다 —
이제 죽었다. 캐시오의 죽음을 알리러 온 모양이군.
여기서 무슨 소리가 났는데.

아, 이제는 전혀 움직이지 않고 무덤처럼 조용하구나.
에밀리아를 불러들여도 괜찮을까?   95
그녀가 다시 움직이는 것 같군. 아니, 어쩌면 좋을까?
저 여자가 들어오면 내 아내에게 말을 걸 텐데.
내 아내! 내 아내! 내 아내? 내겐 아내가 없어.
아, 견딜 수가 없구나! 아, 가슴이 미어지는구나!
거대한 일식과 월식이 생겨서 암흑이 엄습하고   100
놀란 지구도 이 이변에 입을 벌리는 듯하다.

에밀리아   (안에서) 어서요!
말씀드릴 것이 있다고요! 장군님!

오셀로 잊고 있었군 — 오, 들어와요, 에밀리아.
잠깐, 금방 열겠네 — 우선 침대 커튼을 치고 —
어디 있는가? 이 시간에 무슨 일인가? (잠겨 있는 문을 연다) 105

에밀리아 등장.

에밀리아 오, 장군님, 저기서 끔찍한 살인 사건이 났어요!
오셀로 뭐? 지금 말이냐?
에밀리아 방금 전에요, 장군님.
오셀로 이는 달의 궤도 일탈 때문이다.
달이 평소보다 지구에 더 가까이 다가와서   110
인간들이 돈 거야.
에밀리아   장군님, 캐시오 님이 로더리고라는
젊은 베니스인을 죽였습니다.

오셀로   로더리고가 살해되었다!
그리고 캐시오도 살해되었고?

에밀리아 아뇨, 캐시오 님은 아닙니다.

오셀로   캐시오는 아니라고?
그렇다면 살인이 어긋나고 달콤한 복수는
씁쓸하게 되었군.

데스데모나   오, 억울하게, 억울하게 살해당했어!

에밀리아 오, 장군님. 저건 무슨 소리예요?

오셀로 저거? 무엇 말인가?

에밀리아 세상에, 저건 마님 목소리야.   (커튼을 걷는다)
                            사람 살려! 사람 살려요!
사람 살리라고요! 오, 마님. 한 번 더 말씀해 보세요!
착하신 마님! 오, 상냥하신 마님, 말씀 좀 해보세요!

데스데모나 난 죄 없이 죽임을 당했어.

에밀리아   오, 마님!
누가 이런 짓을 했어요?

데스데모나 그 누구도 아닌 바로 나 자신이야. 잘 있어.
다정한 우리 그이에게 안부 전해 줘. 오, 잘 있어!   (죽는다)

오셀로 그녀가 어떻게 살해당했다고 하던가?

에밀리아   세상에, 누가 알겠어요?

오셀로 자네, 내가 죽인 게 아니라고 하는 걸 들었지?

에밀리아 그리 말씀하셨어요. 전 사실을 보고하겠어요.

오셀로 불타는 지옥에 가면서도 거짓말을 해대는군.
그녀를 죽인 건 나야.

제5막 제2장

에밀리아 오, 마님은 더더욱 천사이시고
장군님은 그만큼 더 사악한 악마예요!
오셀로 그녀는 부정한 짓을 했어. 창녀였다고.
에밀리아 마님을 중상하시다니. 장군님은 악마예요.
오셀로 그녀는 물처럼 헤펐어.
에밀리아 장군님은 불처럼 광포하십니다.
마님이 지조가 없다니. 오, 마님은 천사처럼 정숙하셨어요!
오셀로 캐시오가 올라탔어. 못 믿겠으면 네 남편에게 물어봐.
정당한 근거 없이 이런 극단적인 짓을 한 거라면
난 지옥의 심연으로 굴러떨어지는 저주를 받을 거다.
자네 남편이 모든 걸 알고 있어.
에밀리아 제 남편요?
오셀로 그래, 네 남편.
에밀리아 유부녀인 마님이
부정한 짓을 했다고요?
오셀로 그래, 캐시오 놈과.
그녀가 정숙한 여인이었다면, 설사 하늘이 황옥으로 된
온전하고 완벽한 세계를 만들어 주었다 해도,
그것을 위해 아내를 팔지는 않았을 거다.
에밀리아 제 남편요?
오셀로 그래, 그년의 일을 가장 먼저 알려 준 자가
네 남편이야. 그는 워낙 정직한 자라 더러운 행위에서 풍기는
악취를 싫어했지.
에밀리아 제 남편이!

오셀로 왜 그리 되풀이 묻는가, 이 사람아?
네 남편이라고 했잖아.

에밀리아 오, 마님. 악랄한 흉계가 사랑을 희롱했군요.
제 남편이 마님이 부정한 짓을 저질렀대요?

오셀로 그랬다고. 150
네 남편이 했다고. 이제 알아듣겠어?
내 친구이자 네 남편인 정직하고 정직한 이아고가 말했다고.

에밀리아 제 남편이 그랬다면 그의 악독한 영혼이
날마다 조금씩 썩을지어다! 그건 순 거짓말이에요.
마님은 어리석게도 당신처럼 하찮은 물건을 사랑하셨는데! 155

오셀로 뭐야!

에밀리아 내게도 끔찍한 짓을 할 테면 해보세요.
당신에게 마님이 분에 넘쳤듯 당신이 저지른 짓 또한
하느님의 용서에 합당치 않아요.

오셀로 입을 닥치는 편이 좋을 거다.

에밀리아 당신이 나를 해칠 수 있는 힘을 지녔다 해도 그 힘은 160
내 마음의 상처의 절반도 안 돼요. 오, 바보 멍청이 같으니!
흙만큼이나 무식한 자. 당신이 저지른 이 짓은······.

(오셀로가 칼로 위협한다)

당신의 칼 따위 무섭지 않아요. 당신을 고발할 거예요.
스무 번 죽는다고 해도! 도와줘요, 도와줘요, 오, 도와줘요!
무어 놈이 마님을 살해했어요! 살인이야, 살인! 165

몬타노, 그라시아노, 이아고 등 등장.

몬타노 무슨 일이오? 어찌 된 일입니까, 장군님?

에밀리아 오, 당신도 왔어요? 잘도 하셨더군요. 사람들이 살인을 저지르고는 그 죄를 당신 목에다 전가하고 있으니.

일동 무슨 일입니까?

에밀리아 당신이 남자라면 이 악한 자의 얘기가 사실이 아니라고 말해요. 당신이 마님을 정숙하지 못한 여인이라 했다면서요. 그랬을 리가 없어. 당신이 그렇게 나쁜 사람은 아니잖아요. 말해 봐요, 가슴이 터질 것 같으니.

이아고 난 내 생각을 말씀드렸을 뿐이야. 장군님도 그럴듯하다 생각하시고 사실로 여기시는 것만을 말했다고.

에밀리아 정말 당신이 마님이 정숙하지 못하다고 말했어요?

이아고 그래.

에밀리아 거짓말을 했군요. 가증스럽고 저주받을 거짓말을! 내 영혼을 걸고 맹세하는데 거짓말, 사악한 거짓말이에요. 마님이 캐시오와 바람피웠다고요? 캐시오하고요?

이아고 그래, 캐시오하고 바람피웠다고. 젠장, 입 좀 다물어.

에밀리아 입 다물고 가만있지 않겠어요. 할 말을 해야겠어요. 마님께서 살해당해 침대에 쓰러져 계신다고요.

일동 하느님 맙소사!

에밀리아 당신의 거짓말이 이 살인을 낳았다고요.

오셀로 아니, 여러분, 그리 쳐다보지 마시오. 다 사실이오.

그라시아노 정말 끔찍한 일이군.

몬타노 이런 극악무도한 짓을 하다니!

에밀리아 이런 끔찍한 짓을, 이런 끔찍한 짓을!

가만, 이제 생각나는군. 오, 이런 사악한 짓을!
그때도 그런 생각을 했지. 너무 슬퍼서 죽을 것만 같구나.
오, 이런 끔찍한 짓을, 이런 끔찍한 짓을.

이아고 왜 이래, 당신 미쳤어? 명령이니 집에 가 있어.

에밀리아 여러 나리님들. 제 말 좀 들어 주세요.
남편 말에 복종하는 것이 도리겠으나 지금은 아니에요.
이아고, 어쩌면 나는 영영 집에 안 갈지도 몰라요.

오셀로 오! 오! 오! (침대 위에 쓰러진다)

에밀리아 그래, 거기 쓰러져 울부짖으세요.
이 세상에서 가장 아름답고 정숙한 여인을
당신은 살해했으니까요.

오셀로 (일어나면서) 오, 그녀는 더러운 여자였다고.
숙부님, 몰라 뵀군요. 저기 질녀가 누워 있습니다.
그녀의 숨을 방금 전에 이 손으로 끊어 놓았습니다.
저도 이 범행이 끔찍하고 잔인하다는 걸 알고 있습니다.

그라시아노 불쌍한 데스데모나! 네 부친이 작고해서 다행이다.
네 혼사가 그분에게 치명적이어서, 너무나 슬픈 나머지
그분의 명줄이 둘로 끊어졌단다.
만약 살아 계셨으면 이 광경이 그분을 절망에 빠뜨려
그분은 수호신마저도 저주하여 곁에서 몰아내고
지옥으로 떨어지셨을 거다.

오셀로 참으로 애석한 일입니다.
하지만 이아고는 그녀가 캐시오와 부끄러운 짓을
천 번도 더 범한 것을 알고 있습니다. 캐시오도 고백했고요.

제5막 제2장 **179**

그리고 그녀는 자신과 사랑을 나눠 준 대가로
제가 사랑의 표식이며 서약의 징표로
그녀에게 처음으로 준 것을 그에게 주어 버렸습니다. 215
그것은 제 선친께서 어머니에게 주셨던 낡은 손수건입니다.
그것이 그자의 손에 들려 있는 것을 보았습니다.

에밀리아 오, 하느님! 오, 하느님!

이아고   에잇, 입 다물고 있으라니까.

에밀리아 다 말할 거예요. 하고말고요.
제가 입을 다물 줄 알아요? 천만에요. 220
공기처럼 마음대로 말할 거예요. 하늘과 사람과 악마가
모두 부끄러운 줄 알라고 제게 소리쳐도 전 말할 거예요.

이아고 정신 차리고, 집으로 가.

에밀리아 안 갈 거예요.   (이아고, 아내를 찌르려 한다)

그라시아노   무슨 짓이오! 부인을 찌르려 하다니!

에밀리아 오, 우둔한 무어인이여! 225
당신이 말한 그 손수건은
내가 주워서 남편에게 준 거예요.
그런 하찮은 물건에 어울리지 않게, 하도 진지하게
훔쳐 오라 졸라 대서요.

이아고   이 못된 화냥년 같으니!

에밀리아 마님이 그걸 캐시오에게 주었다고요? 천만에요. 230
내가 주워서 남편에게 준 거예요.

이아고   더러운 년, 거짓말 마라!

에밀리아 하늘에 맹세코 거짓말이 아니에요, 나리님들.

오, 살인을 저지른 멍청이 같으니! 당신 같은 바보가 그처럼
훌륭한 아내와 무슨 인연이 있겠어요?

오셀로 벼락으로 쓰이는 것 외에
하늘에 다른 돌은 없단 말인가? 이 극악무도한 놈! 235

(오셀로가 이아고에게 달려들고 이아고는 아내를 찌른다)

그라시아노 부인이 쓰러지오. 그자가 정녕 제 아내를 죽였군.

에밀리아 네, 그래요. 오, 저를 마님 곁에 뉘여 주세요.

(이아고 퇴장)

그라시아노 놈은 도망가고 아내는 죽었소.

몬타노 정말 극악무도한 놈입니다.

무어 장군에게서 빼앗은 이 칼을 나리가 들고 계십시오. 240
자, 문 밖을 지키십시오. 장군이 나오려 하면 내보내지 말고
차라리 죽여 버리십시오. 전 저놈을 추격하겠습니다.
천벌을 받을 노예 놈 같으니. (몬타노, 그라시아노 등 퇴장)

오셀로 난 이제 용기마저 잃었구나.
하잘것없는 애송이들마저 내 칼을 잡아채 가니.
하지만 명예 따위가 무슨 소용인가. 245
다 떠나라지.

에밀리아 마님의 노래에는 어떤 징조가 있었어요.
들어 보세요. 제 말소리 들리세요? 저는 백조[52] 역을 맡아
노래하면서 죽겠어요. (노래한다) 버들, 버들, 버들 —
무어인이여, 마님은 정숙하셨어요. 잔인한 당신을 사랑했죠.
이렇게 진실을 말하니 제 영혼은 축복받을 거예요. 250

---

52 백조는 평생 단 한 번, 죽기 전에 노래하는 것으로 알려져 있다.

이렇게 마음속 생각을 말하면서 저는 죽어요.　　　(죽는다)
오셀로　이 방에는 또 한 자루의 칼이 있지.
얼음같이 찬 시냇물에 담금질하여 만든 스페인산(産)⁵³이지.
오, 여기 있다. 숙부님, 저 좀 나가야겠습니다.
그라시아노　(안에서) 그리하면 비싼 대가를 치르게 될 걸세.　255
자네는 무기도 없으니 필시 당하고 말걸.
오셀로　그렇다면 들어오셔서 저와 이야기 좀 해주세요.
안 그러시면 비록 맨몸이지만 숙부님을 공격하겠습니다.

　　　　　　그라시아노 등장.

그라시아노　왜 그러는가?
오셀로　　　　　　　제게 칼 한 자루가 있습니다. 보십시오.
어떤 군인도 이보다 좋은 칼을 차보지 못했지요.　260
이 짧은 팔과 이 명도를 가지고 숙부님의 저지보다
스무 곱절이나 많은 장애물을 뚫고 나간 때도 있었습니다.
하지만 다 부질없는 자랑입니다. 어느 누가 자신의 운명을
조종할 수 있겠습니까? 이제는 글렀습니다.
비록 제가 무기를 갖고 있지만 걱정 마십시오.　265
여기가 내 여행의 끝이요, 목적지요,
내 배가 다다를 수 있는 최종 정착지입니다.
놀라 뒷걸음치십니까? 쓸데없는 두려움이십니다.

---

53 빙하가 녹아내린 스페인의 차가운 강은 명검을 만들어 내는 자연 조건으로 여겨져 왔다.

가슴팍에 갈대를 들이대도 오셀로는 물러서게 돼 있습니다.
오셀로가 갈 곳이 어디 있겠습니까? 270
그래, 당신은 지금 어떤 모습인가? 오, 불운한 여인!
그대 속옷처럼 창백하구려. 우리 저승의 심판대에서 만나면
당신의 이 표정은 내 영혼을 하늘에서 내동댕이쳐
악마들이 그것을 채가게 할 것이오. 차디차구려, 내 여인!
당신의 정조만큼이나. 오, 저주받을 종놈! 275
그대 악마들이여, 나에게 채찍을 가하여
이 천상의 모습을 볼 수 없도록 해다오.
나를 바람결에 이리저리 날리고, 유황불에 구워 다오.
나를 저 깊은 불바다의 심연 속에 담가 다오.[54]
오, 데스데모나! 당신은 죽어 버렸구려! 280
오, 오, 오!

*로도비코, 몬타노, 포로가 된 이아고를 호송하는 병사들,
들것에 실린 캐시오 등장.*

로도비코 경솔하여 큰 불행에 빠진 그자는 어디 있소?
오셀로 오셀로를 찾는 거라면, 나 여기 있소이다.
로도비코 그 독사 놈은 어디 있소? 그 악당 놈을 끌고 와라.
오셀로 어디 그놈의 발을 한번 내려다보자. 전설대로 285
만약 네놈이 악마라면[55] 내 너를 죽일 수 없겠지.

---

54 이는 단테의 『신곡』과 같은 중세 혹은 르네상스 문학에서 흔히 그리던 지옥의 광경들이다.

(이아고에게 부상을 입힌다)

로도비코 손을 비틀어 칼을 빼앗게.

이아고 나리, 피가 좀 나지만 죽을 정도는 아닙니다.

오셀로 나도 섭섭하지 않다. 네 놈을 살려 두고 싶으니까.
내가 생각하기에는 죽는 것이 더 행복하니.

로도비코 그처럼 훌륭하던 오셀로 장군이시여, 290
저주받을 종놈의 흉계에 걸려 이렇게 파멸하다니
장군께 무슨 말을 하겠습니까?

오셀로 아, 아무 말씀이라도 하시오.
내키시면 명예로운 살인자라고 말씀해 주시오.
이 모든 짓을 증오심이 아니라 명예심으로 했으니.

로도비코 이놈이 잘못을 일부 고백했습니다. 295
장군과 이놈이 공모하여 캐시오를 죽이기로 했습니까?

오셀로 그렇소.

캐시오 존경하는 장군님, 전 그럴 만한 짓을 한 적이 없습니다.

오셀로 나도 그렇다 믿네. 그러니 나를 용서해 주게.
저 악마 놈에게 도대체 왜 이렇게 내 영혼과 육신을 300
함정에 빠뜨렸는지 물어봐 주게.

이아고 내게 아무것도 묻지 마시오. 당신도 알 것은
다 알고 있으니까. 지금부터 난 아무 말도 않겠소.

로도비코 기도도 안 할 셈이냐?

그라시아노 고문을 하여 네놈의 입을 열겠다.

오셀로 하긴, 입을 열지 않는 것이 상책이겠지. 305

55 악마는 발굽이 갈라져 있다는 전설이 있다.

로도비코 장군님, 사건의 전말을 알려 드리겠습니다.
　아직 모르고 계실 테니까요. 여기 편지 한 통이 있습니다.
　살해당한 로더리고의 호주머니에서 발견된 것입니다.
　여기 또 한 통이 있습니다.
　이중 한 장에는 로더리고가　　　　　　　　　　　　310
　캐시오의 죽음을 담당하기로 한 내용이 들어 있습니다.

오셀로 오, 이 악당 놈!

캐시오　　　　　　너무도 야만적이고 야비하군!

로도비코 그런데 여기 또 하나의 불평불만 편지가 있습니다.
　역시 로더리고의 호주머니에서 발견된 것입니다. 보아하니
　그가 이 저주받은 악한에게 보내려 했던 듯합니다.　　315
　그런데 아마도 바로 그때 이자가 개입하여 살해함으로써
　그의 불평불만을 끝낸 것 같습니다.

오셀로 오, 이 사악한 악당 놈!
　캐시오, 자네는 어떻게 내 아내의 손수건을
　갖게 되었나?

캐시오　　　　제 방에서 주웠습니다.　　　　　　320
　저놈이 방금 제놈의 뜻을 달성할 목적으로
　거기에다 떨구어 놓았다고
　자백했습니다.

오셀로　　　　오, 이 바보 천치 같으니!

캐시오 로더리고의 편지에는 이 외에도 이아고가
　로더리고를 시켜 야경을 도는 저를 도발하도록 한 일을　325
　비난하는 내용도 있었습니다. 그 때문에 제가

제5막 제2장 **185**

파면당했던 것입니다. 긴 가사(假死) 상태에 있던 그자가
방금 전에 말했습니다. 이아고가 자기를 칼로 찔렀으며,
자기에게 저를 죽이라고 사주했다고 말입니다.

로도비코 장군님은 이 방을 떠나 우리와 함께 가야겠습니다. 330
장군님의 권한과 지휘권을 박탈하는 바입니다.
이 사이프러스 섬은 캐시오가 다스리게 될 것입니다.
이 종놈에 대해서는, 많은 고통을 주면서도
오래 끌 수 있는 교묘한 형이 있다면, 그 벌을 내리겠습니다.
장군님은 엄중히 감시받는 죄수로서 수감되실 겁니다. 335
장군님의 죄상을 베니스에 보고할 때까지 말입니다.
자, 장군님을 모셔 가게.

오셀로 잠깐, 가기 전에 한두 마디 얘기할 게 있소.
나는 지금까지 베니스를 위해 일해 왔고
정부도 그걸 알고 있소. 그 이야기는 그만둡시다. 340
서면으로 내 불운한 범죄를 보고할 때
나를 있는 그대로 적어 주시오. 조금도 감싸 주지도,
악의적으로 폄하하지도 말아 주시오.
그리고 이렇게 말해 주시오.
현명하게 사랑하지는 못했어도 너무 사랑한 자라고. 345
좀처럼 질투 따위는 하지 않았으나
계략에 빠져 극도의 혼란에 빠진 자라고.
무식한 인도 사람처럼 제 손으로
제 종족 전체보다도 값진 진주를 버린 자라고.
눈물 흘린 적 없으며, 어떤 역경에도 굴한 적 없는 눈에서 350

아라비아 고무나무에서 진이 흘러내리듯 눈물 흘렸다고.
여기에 이렇게 덧붙여 말해 주시오.
한번은 알레포[56]에서 두건을 쓴 악독한 터키인이
베니스인을 구타하고 베니스를 비방했을 때
내가 할례[57]를 받은 그 개의 멱살을 잡고   355
그놈을 이렇게 찔러 죽였다고.   (자신을 찌른다)

로도비코 피비린내 나는 종말이구나!

그라시아노   모든 얘기가 소용없게 되었군.

오셀로 당신을 죽이기 전에 나는 당신에게 키스했었지.
이제 당신에게 키스하며 내 목숨을 끊는 길밖에 없소.
                            (침대에 쓰러져 죽는다)

캐시오 고결한 심성을 지닌 분이라 이런 일을 염려했습니다만   360
무기를 갖고 계시는 줄 몰랐습니다.

로도비코   (이아고에게) 오, 스파르타의 개[58] 같은 놈.
그 어떤 고통, 기아, 혹은 사나운 바다보다도 끔찍한 놈아!
이 침대를 뒤덮은 비극을 보아라. 이것이 네놈의 짓이다.
차마 눈 뜨고 못 볼 참혹한 모습.
가립시다. 그라시아노 경, 이 집을 관리하면서   365
무어 장군의 재산을 차압하십시오.
나리께 돌아갈 재산이니까요. 총독께는

---

56 시리아 할라브의 주도(州都). 예로부터 동서 교통의 요지가 되어 무역의 중심지로 번영하였다.
57 유대인들은 종교 의식의 하나로 할례를 받는다.
58 스파르타의 개는 사나우면서 짖지 않는 것으로 유명하다. 이아고의 비인간적인 냉혹함과 그가 지키고 있는 침묵 때문에 이렇게 부르는 것이다.

이 지옥의 마귀 같은 놈을 심판하는 일을 맡기겠습니다.
때와 장소, 고문은 알아서 시행하십시오.
나는 곧 승선하여 베니스로 돌아가서 370
슬픈 마음으로 이 참변을 보고하겠습니다. (모두 퇴장)

역자 해설
질투심이 부른 비극 — 「오셀로」

 1604년 할로윈 데이에 화이트홀Whitehall에서 초연된 것으로 기록이 남아 있는 「오셀로Othello」는 셰익스피어의 다른 작품들과 마찬가지로 그 집필 연도가 분명하지 않다. 다만 공연 기록과 작품 속에서 다루어진 내용들을 통해 추정해 볼 때 1602년에서 1604년 사이에 쓰인 것으로 알려져 있다. 이 작품은 셰익스피어가 이탈리아 작가 지랄디 친디오Giraldi Cinthio의 작품 『백 개의 이야기*Hecatommithi*』 중 제3권 제7화 「베니스의 무어인」을 원전으로 삼아 쓴 비극이다. 1566년 베니스에서 출판된 『백 개의 이야기』는 열 개의 주제 아래 각각 열 개씩의 이야기를 묶어 총 1백 편의 이야기로 엮은 책으로, 그중 「베니스의 무어인」은 〈남편과 아내의 부정〉이라는 주제 편에 일곱 번째로 수록된 작품이다.

 친디오의 원작은 같은 종족끼리 결혼하지 않았을 때 발생할 수 있는 부부간의 문제를 경고하기 위해 쓴 글이다. 플롯의 상당 부분이 셰익스피어의 「오셀로」와 유사하나 부분적으로 차이점들이 나타난다. 그중 중요한 것들만 정리해 보면, 우선 원작에서는 기수가 무어인 장군의 아내를 열렬히 짝사랑하는 것으로 설정되어 있다. 하지만 무어 장군이 두렵기도 하고 그의 아내가 접근을 허용치 않자 애증으로 인해 복수를 결심한다. 또한 극 말미에 데스데모나의 순결을 부르짖다가 남편의 칼에 찔려 죽는 에밀리아와는 달리, 원전에서는 기수의 아내가 남편의 간악한 계획을 알고 있으면서도 남편이 무서워 밝히지 못한다. 무엇보다 결말에서 「오셀로」는 원전과 큰 차이를 보인다. 셰익스피어는 오셀로가 성급하게 데스데모나를 목 졸라 죽이는 것으로 설정했으나, 원전의 장군은 기수의 간계대로 모래를 넣은 양말로 아내를 때려 죽이고 기수는 천장을 무너뜨려 사고사로 위장한다. 덕분에 두 사람은 살해 혐의를 받지 않지만 나중에 양심의 가책을 느낀 무어인 장군이 기수를 파직시키고 기수가 이에 반발하여 무어 장군을 고발한다. 결국 장군은 베니스에서 추방된 후 아내의 친척들에게 살해되고 기수는 옥중에서 고문을 받다 죽는 것으로 작품은 끝을 맺는다.

이러한 원전을 바탕으로 무어인 장군 오셀로가 악인 이아고의 간계에 의해 무참히 허물어지는 과정을 그린 셰익스피어의 「오셀로」는 4대 비극의 다른 작품들과는 달리 국가나 충성심 같은 문제가 아닌 개인 가정의 갈등을 다루고 있다. 그러다 보니 극의 규모나 다양한 변주가 비교적 떨어진다고도 할 수 있으나 그 역으로 부(副)플롯이나 희극적 긴장 완화 *comic relief* 같은 곁줄거리가 없어 극의 진행이 빠르고 구성이 집약적인 작품이라고도 할 수 있다.

문학사상 〈질투심〉이라는 인간의 심리 현상을 「오셀로」처럼 탁월하게 묘사한 작품은 없을 것이다. 질투는 예나 지금이나 변함없이 우리 인간의 마음을 흔드는 성정 중 하나이며 동서고금을 막론하고 의부증, 의처증에 시달리는 사람들을 자주 볼 수 있다. 질투심에 사로잡힌 오셀로가 아내를 살해하는 과정에서 겪게 되는 심리적 혼돈과 고통이 돋보이는 이 극에서 독자는 질투심이라는 병리적 심리가 별 근거도 없이 의심을 키워 나가는 모습을 보게 된다. 이 극에서 질투심은 오셀로뿐만 아니라 이아고, 로더리고, 비앵카 등 많은 인물들의 성정이기도 하며, 마침내는 고귀한 이성의 소유자였던 오셀로를 광기에 몰아넣어 살인마로 만든다. 또한 이아고가 이 모든 사악한 음모를 꾸미는 애초의 이유 중 하나이기도 하다.

셰익스피어는 「오셀로」, 「심벌린Cymbeline」, 「겨울 이야기The Winter's Tale」 같은 작품들을 통해 아내의 정조를 의심하는 어리석은 남편들을 다루고 있는데, 세 작품 모두 아내의 정조를 의심한 남편들이 아내를 죽음으로 몰고 간다는 공통적인 내용을 담고 있다. 하지만 비극인 「오셀로」에서만 순결한 아내가 비참한 죽음을 맞고, 다른 두 작품에서는 죽은 줄 알았던 아내들이 살아 있어 결국 행복한 화해와 재결합이 이루어진다. 셰익스피어가 아내의 정조를 의심한 남편들의 이야기를 세 편이나 썼다는 데 주목할 필요가 있다. 이는 그가 당시의 성(性) 문제에 관심이 많았음을 시사하는 것이기 때문이다. 실제로 셰익스피어는 작품 속에서 성애 문제를 많이 담은 작가로 유명하다. 그는 아주 노골적으로 성 문제를 논하기도 하고 은밀한 이중 의미를 통해 성적 함축을 담아내기도 했다. 그래서 종종 그의 이름 앞에 *bawdy*(음란한), 혹은 *lewd*(외설적인) 등의 단어들이 붙기도 한다. 셰익스피어가 이렇게 성애 문제에 관심이 많았던 것은 아마 르네상스 시대가 인간의 육체를 억압하고 정신적인 면을 강조하던 중세에서 벗어나 육체적 존재로서의 인간을 해방시킨 시기이기 때문일 것이다.

극 초반 오셀로는 모든 등장인물들이 칭송을 아끼지 않는 고결하고 관대하며 품위 있는 인격의 소유자이다. 만인에게서 그 고귀함을 인정받지만, 이아고가 놓은 〈언어의 덫〉에 걸려 질투심에 사로잡히자 그의 감정은 이성을 압도하고 만다. 셰익스피어의 비극에서 주인공은 이렇듯 격한 감정을 이성으로 다스리지 못할 때 비극적 상황에 빠지게 된다. 결국 오셀로가 지닌 성격적 결함은 그의 강렬한 질투심인 셈이다. 이아고의 교묘한 언어는 오셀로에게 무한한 상상력을 불러일으키며 모든 현상을 데스데모나의 부정과 연결 지어 해석하게 만든다. 테리 이글턴Terry Eagleton이 〈성적 질투심은 근본적으로 해석의 위기〉라고 주장했듯이, 이 극에는 질투심이 불러일으키는 해석의 팽창 현상이 극 전체를 지배한다.

오셀로는 극 초반에 〈내 그대를 사랑하지 않는다면 파멸이 내 영혼을 붙잡아 가기를! 내 그대를 사랑 않을 때 이 세상은 다시 혼돈에 빠질 것이다〉(제3막 제3장 90~92행)라는 말을 하는데 이 대사는 하나의 복선이 된다. 그는 아내를 의심한 순간부터 지옥과 같은 심적 고통에 시달리고 대혼돈 상태에 빠진다. 〈내 아내가 정숙한 것도 같고 그렇지 않은 것도 같고, 자네가 옳은 것도 같고 그렇지 않은 것도 같으니〉(제3막 제3장 387~388행)라는 표현에서처럼, 그는 점점 판단력을 잃어 간다. 이렇게 〈격정도 흔들 수 없고, 그 어떤 사건이나 운명의 화살이 뚫을 수도, 찌를 수도 없다던 고결한 성품〉(제4막 제1장 266~268행)을 지녔던 오셀로가 질투심이라는 격정에 속절없이 무너지고 마는 것이다. 극 초반에 베니스 궁정에서 볼 수 있었던 오셀로의 고결한 모습은 질투와 의심이 깊어질수록 동물처럼 울부짖는 포악한 모습으로 변하고, 〈이년을 갈기갈기 찢어 버리겠다〉(제4막 제1장 197행) 등과 같은 폭언과 욕설이 그의 입에서 쏟아져 나온다. 결국 데스데모나의 욕망을 제압할 수 없다고 생각하자 그는 그녀를 차가운 시체로 만듦으로써 자신을 불안하게 만드는 그녀의 성욕을 봉쇄한다. 셰익스피어의 많은 극 속에서 아내의 정조를 불안해하는 남성들은 아내를 죽여 차가운 정욕의 소유자로 만들어 놓은 뒤에야 그 불안에서 벗어나고, 생명력은 없으나 차고 고결한 보석처럼 되어 버린 그들을 숭배한다. 오셀로 역시 극 말미에 그녀를 〈귀중한 진주〉에 비유한다.

한편으로 질투에 불타오르려는 순간 의심을 떨쳐 보려는 노력 또한 오셀로에게서는 엿보인다. 〈그녀가 정숙지 않다면 하늘이 스스로를 조롱하는 것〉(제3막 제3장 282행)이라고 말하며 아내에 대한 믿음을 놓지 않으려고 애쓴다. 자신을 지배하려는 격정의 소용돌이 속에서 이성적으로 판단하고자 애쓰는 모습에서 그의 고결한 인간성이 여전히 남아 있음을 엿볼 수 있다.

이렇게 오셀로는 이아고의 끝을 모르는 질투와 악의로 인해 비극을 맞이하지만 마지막 순간에 아내가 순결했음을 깨닫고 이아고에 속은 자신의 우둔함과 어리석음에 대한 인식에 도달한다.

리어 왕과 글로스터처럼 그 역시 모든 것을 잃은 다음에 진실을 보는 눈을 갖게 되는 것이다. 이처럼 때늦은 인식을 하고 본래의 위엄과 고귀함을 되찾은 뒤 스스로를 처벌하는 그의 모습에 셰익스피어 비극 특유의 비장미가 담겨 있다.

그런데 재미있게도 이아고 또한 오셀로와 캐시오가 자신의 아내 에밀리아와 잠자리를 같이했다는 의심에 사로잡혀 있으며, 그런 질투심으로 인해 심한 마음의 고통을 받는다. 이런 의심에 빠진 이아고에게 베니스 여성은 모두 더러운 창녀로 보이고, 베니스는 자기와 오셀로처럼 오쟁이 진 남편들로 가득 찬 도시나 마찬가지다. 그는 모든 여성이 음란하고 부정하다는 병적인 강박관념을 갖고 있다. 그래서 모두가 이상적으로 여기는 데스데모나에게서도 그는 유독 색(色)을 읽으려 하고, 캐시오와 데스데모나가 부정한 관계라는 의심을 오셀로에게 불러일으켜 세 사람을 한꺼번에 파멸시킬 계략을 꾸민다. 셰익스피어 비평으로 유명한 새뮤얼 콜리지Samuel Taylor Coleridge는 이아고의 악의를 〈이유 없는 악의〉라고 평했다. 그러나 사실 이아고의 악의는 제어할 수 없는 극심한 질투심에서 비롯된 것이다. 이아고의 질투심은 오셀로의 질투심이라는 주제를 강화시켜 주는 부플롯이라고 볼 수 있고, 그러한 점으로 볼 때 이 작품은 아내의 정절에 대한 남편들의 강박적인 의심이 빚은 비극이라고 말할 수 있다. 이렇게 인간의 여러 격정 중 질투심에 초점을 맞춘 이 극에는 질투의 속성에 대한 언급이 자주 등장한다.

이아고 공기처럼 가벼운 하잘것없는 것도,

질투하는 자에겐 성서만큼 강력한 증거가 되지.

(제3막 제3장 325~326행)

에밀리아 그들은 이유가 있어서 질투하는 것이 아니에요.
그저 질투심이 많아서 질투하는 거지요.
질투심은 스스로 잉태되어 태어나는 괴물이에요.

(제3막 제4장 160~162행)

이러한 질투심의 속성 때문에, 결국 오셀로가 데스데모나의 부정을 사실로 받아들이게 만든 증거는 조그만 손수건 한 장으로도 충분했다. 위의 대사를 통해서도 알 수 있듯이, 그까짓 손수건 한 장이 질투심에 사로잡힌 오셀로에게는 어떻게 작용할지 이아고는 잘 알고 있었던 것이다. 오셀로는 캐시오가 손수건을 들고 있는 것을 보며 데스데모나가 그것을 사랑의 징표로 그에게 준 것이라고 확신한다. 손수건은 오셀로가 데스데모나에게 준 첫 선물로 특별한 의미를 지닌 것이다. 오셀로의 설명에 의하면 그 손수건의 짜임에는 마법이 엮여 있어 그것을 지니고 있는 동안에는 남편의 사랑을 받지만, 잃어버리거나 남에게 주어 버리면 남편의 혐오를 받게 된다. 〈처녀 미라의 심장에서 짜낸 물감으로 염색한〉(제3막 제4장 76~77행) 실로 수를 놓았다는 이 손수건은 여성의 순결에 대한 남성들의 욕망과 불안을 담은 물건이다. 결국 사랑의 선물이 아니라 데스데모나의 순결을 강압적으로 가두어 두려는 오셀로의 상징적 그물인 셈이다.

이렇듯 이 극의 비극성에는 오셀로의 질투심이라는 성격적 결함과 가부장 문화의 잘못된 여성관이 얽혀 있다. 〈그녀의 절개에 내 목숨을 걸겠다〉(제1막 제3장 296행)라는 오셀로의 맹세를 통해서도 알 수 있듯이, 가부장 사회에서 아내의 순결은 남성의 명예를 지켜 주는 요소 중 하나이다. 그래서 데스데모나의 부정을 의심하게 되자 오셀로는 〈디아나의 얼굴처럼 깨끗하던 내 이름이 이제 더럽혀져서 내 얼굴만큼이나 시커메졌다〉(제3막 제3장 389~390행)라고 한탄한다. 또한 데스데모나를 살해하고 나서도 〈증오심이 아니라 명예심으로〉(제5막 제2장 294행) 살인한 것이라고 주장한다. 이러한 내막을 알고 보면 여성의 순결과 명예를 나타내는 영단어가 모두 〈honor〉인 것에 대해 다시 생각하지 않을 수 없다. 결국 남성 중심 사회에서 아내의 순결honor은 남성의 명예honor를 빛내 주는 요소인 셈이다.

이 극의 남성들은 여성의 정조에 대해 강박적으로 불안해할 뿐만 아니라 여성의 주체적 욕망을 억제하기 위해 연대하는 양상을 보이기도 한다. 데스데모나의 아버지 브라밴쇼는 순리에 어긋나게 남편을 제멋대로 택한 딸에 대해 격노한다. 그리고 그녀를 가부장적 권위와 질서에 도전하는 위험한 욕망의 주체로 여긴다. 브라밴쇼는 오셀로에게 〈무어 장군, 그 애를 잘 지켜보게나. 아비를 속인 애이니 그대도 속일지 모르네〉(제1막 제3장 294~295행)라고 충고하는데, 우리는 여기서 남성 간의 연대 양상을 보게 된다. 이와 마찬가지로, 극의 후반부에서 오셀로가 데스데모나를 죽이며 〈그래도 그녀는 죽어야 한다. 안 그러면 더 많은 남자들을 배반할 테니〉(제5막 제2장 5~6행)라고 말하는 장면에서도 같은 연대 의식을 볼 수 있다. 남성들이 여성의 섹슈얼리티에 대해 이렇게 집착하는 것은, 여성들이 욕망의 주체가 될 때 가부장 질서와 권위에 불안을 야기한다고 생각한 데서 기인한다.

오셀로가 데스데모나와는 대화를 나누지 않고 오로지 이아고의 말에만 귀를 기울인다는 사실에도 주목할 필요가 있다. 여기서도 남성들 간의 연대를 엿볼 수 있기 때문이다. 가부장 사회에서 여성은 끊임없이 침묵을 강요당한다. 생각을 표출하고 저항하는 여성의 혀를 남성들은 도전과 전복의 기관이라 생각하여 억압한다. 이 극에서는 데스데모나뿐만 아니라 이아고의 아내 에밀리아, 캐시오를 사랑하는 창녀 비앵카도 침묵을 강요당한다. 여성의 입놀림을 곧 성적 방종과 동일시하는 가부장 문화에서 데스데모나는 입을 열어 자신의 순결을 변호해야 함과 동시에 입을 닫아 정숙한 여인임을 입증해야 하는 아포리아에 빠져 있다. 즉 입을 열어 자신의 순결을 변호하면 그건 곧 그녀가 방종한 여성임을 입증하는 셈이 되기 때문이다.

친디오가 쓴 원전과는 달리 오셀로가 데스데모나를 목 졸라 죽이는 것도 결국 그녀의 말문을 막아 버리는 상징적인 행위로 볼 수 있다. 극 말미에 이아고는 진실을 부르짖는 에밀리아의 목소리를 막을 수 없자 칼*sword*로 그녀의 말*word*을 막아 버린다. 이는 여성 언어를 탄압하는 남성들의 폭력을 상징하는 행동이다. 여성의 목소리를 억압하는 가부장 문화 속에서 데스데모나는 자신의 순결에 대한 변호의 기회조차 박탈당한 채 발성 기관인 목을 졸려 죽는다. 「로미오와 줄리엣Romeo and Juliet」이나 「안토니와 클레오파트라Antony and Cleopatra」같이 주인공 남녀의 이름이 함께 쓰이지 않고 남자 주인공만의 이름으로 된 이 극의 제목 「오셀로」가 시사하는 바 또한 크다. 즉 「오셀로」가 오셀로와 데스데모나의 상호 관계를 그린 것이 아니라 가부장 오셀로의 일방적인 의심과 단죄를 그린 것이기 때문이다.

아내를 부정한 여인으로 확신하고 그녀를 죽이러 들어온 오셀로는 너무나 아름다운 데스데모나의 모습을 보고 다음과 같이 말한다.

> **오셀로** 이 깨끗한 종이, 이 지극히 예쁜 책이
> 〈창부〉라고 적기 위해 만들어졌단 말인가?
>
> (제4막 제2장 72~73행)

이와 같이 남성 중심 사회에서는 여성은 스스로 자신의 정체성을 주장할 수 있는 존재가 아니라, 남성의 해석이 쓰이는 빈 공간에 다름 아니다. 가부장 문화에서 여성은 흔히 성녀 아니면 창녀의 이미지로 양분되었다. 이 극에서 데스나모나의 이미지 역시 극 초반에는 주로 성녀로 묘사되나, 후반으로 갈수록 창녀로 변모한다. 결국 데스데모나와 에밀리아라는 〈깨끗한 종이, 예쁜 책〉에 〈창부〉라는 단어를 써넣는 것은 바로 폭군 같은 질투심에 사로잡힌 오셀로와 이아고인 셈이다.

이 극에서 이 모든 비극적 상황을 초래하는 악당인 이아고는 겉과 속이 너무나 다른 표리부동한 인간이다. 인간 본성을 꿰뚫어보는 통찰력이나 뛰어난 말재주, 민첩한 기회주의적 태도, 비정한 이기주의로 인해 그는 셰익스피어가 창조한 가장 매력적인 인

물 중 하나가 되었다. 교묘한 언변으로 시커먼 속셈을 숨기고 있기 때문에 주변 사람들이 모두 그를 믿고 신뢰한다. 또한 특유의 신랄하고 냉소적인 언어로 인간성을 헐뜯는데, 그 때문에 더욱 정직하다는 신뢰를 받는다. 이아고는 오셀로 앞에서 대단히 충직하고 정직한 체 행동한다. 그런 이아고를 오셀로는 굳게 믿고 이아고를 거명할 때마다 습관처럼 〈정직한honest〉이라는 수식어를 붙인다. 오셀로는 「맥베스Macbeth」의 던컨 왕처럼 겉모습이 곧 그 사람의 실체를 보여 준다고 믿는 자이고 「리어 왕King Lear」의 에드가처럼 〈남에게 해를 끼칠 줄 모르는 고귀한 성품이라 남을 의심하지도 않는〉 자이다. 그래서 이아고의 언행에 담겨져 있는 표리부동함을 읽지 못한다.

이아고가 사랑을 들먹이면서 사람들의 귀에 쏟아붓는 온갖 감언이설들은 사악한 목적을 위해 사용된 독약이다. 하지만 당사자들은 이아고의 속셈과 본심을 모른 채 끊임없이 이아고에게 감사하고 그를 더욱 신뢰한다. 캐시오도 이아고에게 깊이 감사하며 그의 충고를 그대로 따른다. 마치 인형극의 인형처럼 이아고의 조종대로 움직이는 것이다. 셰익스피어 작품 속에는 마치 연출가처럼 상황을 연출하는 등장인물들이 자주 등장하는데, 이 작품에서는 이아고가 그런 역할을 수행하는 것이다.

표리부동한 이아고로 인해 이 극에서는 그 어떤 작품보다 극적 아이러니가 많이 느껴진다. 이아고는 주인공인 오셀로 못지않게 독백을 많이 한다. 이는 겉과 속이 다른 이아고의 양면성을 독자들에게 효과적으로 전달하기 위한 장치이다. 그가 독백을 통해 다른 등장인물들에게 했던 자신의 말과 전혀 다른 본심을 드러낼 때 관객은 그의 거짓되고 위선적인 모습을 낱낱이 보게 되지만, 무대 위의 다른 인물들은 하나같이 이아고가 진솔하고 믿을 만한 사람이라고 생각한다. 그의 손에 의해 조종되는 꼭두각시처럼, 그로 인해 온갖 괴로운 처지에 빠졌으면서도 그를 구원자요, 위안자로 여기는 등장인물들을 보며 관객들은 극적 아이러니를 느끼게 되는 것이다.

이아고는 끊임없이 음모와 계략을 꾸미며 사이프러스 섬에 혼란과 무질서를 초래한다. 성적 질투심 외에도 부관이 되고자 했던 자신의 욕망이 좌절되고 그 자리를 젊고 경험도 없는 캐시오란 자가 차지하자 오셀로와 캐시오 둘 다에게 심한 증오심을 갖게 된다. 그런 점에서 이아고는 「리어 왕」의 에드먼드처럼 상대를 누르고 신분 상승을 하기 위해 온갖 사악한 음모를 꾸미는 자이다. 셰익스피어는 이아고의 다음 대사를 통해 신분 상승을 위한 권모술수가 난무하는 사회 세태를 풍자한다.

> **이아고** 예전처럼 2순위가 1순위의 뒤를 따르는 경력순으로
> 승진이 이루어지는 것이 아니라
> 추천장과 총애에 따라 이루어지니.
>
> (제1막 제1장 35~37행)

자신이 아닌 캐시오가 부관으로 승진한 것에 분개하는 그의 모습을 통해 그가 출세욕에 사로잡혀 있음을 알 수 있다. 또한 데스데모나를 짝사랑하는 베니스의 귀족 로더리고를 꼬드겨 사이프러스 섬으로 데려온 뒤 그의 돈을 갈취하고 자신의 목적에

철저히 이용한 다음 자기 손으로 그를 죽이기까지 한다. 이런 이아고는 철저한 마키아벨리적 악한의 모습이다.

이아고는 자신의 사악한 계략에 상대들이 지니고 있는 미덕을 십분 이용한다. 예를 들어 데스데모나의 선의, 오셀로의 솔직 대범함과 남을 의심하지 않는 성격, 캐시오의 예의범절을 그들을 파멸시키는 데 이용한다. 이들의 미덕들은 이아고의 언어 속에서 너무도 쉽게 단점으로 탈바꿈한다. 예를 들어 데스데모나의 선의는 마음이 헤픈 것으로, 오셀로의 솔직 대범함은 남에게 속기 쉬운 어리석음으로, 캐시오의 예절은 음탕한 욕구를 채우기 위한 겉치레로 바뀐다. 이렇듯 독자들은 셰익스피어의 비극 속에서 등장인물들이 자신이 지닌 미덕으로 인해 파멸하는 경우를 종종 목격하며, 각자의 미덕이 복이 아닌 파멸을 부르는 부당한 상황을 지켜보면서 부조리함을 느끼게 된다.

실생활에서 흔히 볼 수 있는 질투하는 남편의 문제뿐 아니라, 최근 우리 사회의 문제 가운데 하나인 〈다문화 가정〉을 다룬다는 점에서도 우리에게 「오셀로」는 친근한 이야기가 된다. 서로 다른 국적, 인종, 문화를 가진 오셀로와 데스데모나는 전형적인 다문화 가정의 구성원인 셈이다. 놀랍게도 이 극 속에는 현재 우리 주변에서 벌어지고 있는 다문화 가정의 문제점이 고스란히 극화되어 있다. 오셀로가 질투심으로 인해 광기에 사로잡히는 과정에는 흑인 용병인 그가 베니스 사회의 타자라는 점도 한몫을 한다. 실제로 이아고는 두 사람을 파멸로 이끄는 데 인종적 편견을 이용하고, 피부색의 차이나 인종적 차이로 인한 열등의식을 지닌 오셀로는 심리적으로 이아고의 간계에 쉽게 넘어갈 수밖에 없는 상황이다.

셰익스피어는 오셀로를 향한 데스데모나의 사랑이 극 초반부터 끝까지 한결같음을 보여 준다. 자애롭고 연민 가득한 성품의 그녀는 오셀로가 겪은 온갖 풍상을 동정하고 그것은 곧 열렬한 사랑의 감정으로 발전한다. 데스데모나의 사랑은 두 사람의 사랑과 결혼에 있어 그녀가 사회의 통념이나 관례에서 벗어나 솔직하고 개방적이며 담대하게 행동하도록 만들었다. 그녀는 구혼에 있어서도 오셀로보다 적극적이었으며 공작과 의원들 앞에서 남편과 함께 사이프러스 섬으로 동행할 수 있게 해달라고 간청할 때도 당당했다. 하지만 결혼 전의 이런 모습과는 달리 오셀로의 광기 앞에서 그녀는 이상적인 여성상 혹은 아내상에 강박적으로 집착하는 모습을 보인다. 남편의 말도 안 되는 억측에 온갖 모욕을 당하고 희생당하면서도 그녀는 끝까지 남편을 원망하지 않고 인내와 용서로 생을 마감한다. 오셀로가 데스데모나를 부정한 여자라고 단정하는 이유도 황당하지만 그런 남편에 대한 데스데모나의 항변은 너무나 무기력하다. 게일 그린Gayle Greene은 그런 그녀의 모습을 〈고요한 복종〉이라 묘사하고 앤드루 브래들리 A. C. Bradley는 〈무기력한 수동성〉이라 표현한다. 이렇게 데스데모나를 철저히 사랑과 희생의 화신으로 만듦으로서 셰익스피어는 다문화 가정에서 싹트는 오해와 억측의 파괴성을 강조하는 것이다.

한편 이 극은 인종 차별 담론을 담고 있다고 비난받는 셰익스피어 작품 가운데 하나이기도 하다. 이아고를 비롯한 로더리고, 브라밴쇼 등은 오셀로를 향해 인종적 적개심을 드러낸다. 극 초반에 브라밴쇼가 오셀로를 마법으로 자기 딸을 홀린 악마로 보는 데는 그가 인종적, 종교적, 문화적 타자라는 점이 크게 작용한다. 그런가 하면 〈두꺼운 입술〉, 〈시커먼 가슴〉 등 오셀로의 외모에 대한 폄하와 〈새까만 늙은 염소〉, 〈바바리산 말〉과 같이 오셀로를 동물적이고 야만적인 이미지로 묘사하는 표현들도 많다. 그의 이성이 결국 지나친 질투심이라는 감정에 지배를 당해 동물적 광기를 보이는 플롯도 그런 비난의 대상이 되었다.

그러나 교묘하게도 셰익스피어는 백인 주류라 할 수 있는 이아고 역시 오셀로와 마찬가지로 질투심이라는 병리적 심리를 갖고 있는 것으로 설정했다. 또한 베니스의 흑인 용병 오셀로를 친디오의 원작에서보다 훨씬 고결한 성품의 소유자요, 탁월한 장군으로서의 당당함을 지닌 자로 그려 냈다. 그를 파멸하고 싶어 하는 이아고조차 그의 미덕을 부인하지 못할 뿐 아니라, 브라밴쇼 또한 딸과의 비밀 결혼 이전까지는 그를 자기 집에 초대하여 이야기를 경청하곤 했다. 반면 베니스의 백인 주류인 이아고는 절대 용서할 수 없는 간교한 악당에 철저한 가면을 쓰고 사는 인물로, 심지어 아내조차도 그를 제대로 파악하지 못한다. 브래들리도 이아고를 셰익스피어 악인들 가운데서도 으뜸가는 존재라고 주장했다. 그렇다면 셰익스피어는 오셀로의 검은 피부가 아닌 이아고의 하얀 피부 아래 진짜 악마가 숨겨져 있다는 것을 말하고자 했던 것이 아닐까. 인물의 설정과 함께 오셀로에게 가해지는 온갖 인종 차별적 언어들을 살펴보면, 오히려 셰익스피어가 당대의 인종 차별 문제를 비판적으로 제기하고 있다는 인상을 지울 수 없다.

이상적인 남성상에 사로잡힌 오셀로와 이상적인 아내상에 사로잡힌 데스데모나가 간교한 이아고의 계략에 빠져 빚어낸 비극「오셀로」. 셰익스피어는 이 극을 통해 그 어떤 인물보다도 남성의 가치를 〈명예〉에, 여성의 가치를 〈순결〉에 둔 가부장적 이념을 비난하고 있는 듯하다. 셰익스피어 작품을 읽고 번역하면서 늘 느끼는 바이지만, 이 작품에서도 그가 그린 것은 인간의 악한 성정이 아니라 나약함이다. 자신의 본성을 지탱하고자 애쓰나 무너져 내리고 마는 오셀로의 나약함이 내내 가슴 아팠다. 그래서 이번 번역에서는 인물들의 성격을 살려내는 데 초점을 두었다. 갈등과 번뇌에 시달리는 오셀로의 언어, 로도비코의 묘사처럼 〈독사〉 같은 이아고의 언어를 오롯이 옮겨 그들이 마치 살아 있는 인물처럼 읽힐 수 있도록 표현해 내고자 하였다. 그런 노력이 독자들의 가슴에 전달되어 4백 년 전에 쓰인 이 극이 박제된 고전이 아니라 우리 이웃집의 이야기처럼 읽히길 바란다.

권오숙

윌리엄 셰익스피어 연보

1558년 엘리자베스 1세 등극.

1564년 출생 영국 스트랫퍼드어폰에이번에서 부유한 상인인 존 셰익스피어John Shakespeare와 메리 아든Mary Arden의 셋째 아이이자 장남으로 윌리엄 셰익스피어William Shakespeare 태어남. 4월 26일 세례를 받음. 동료 작가 크리스토퍼 말로Christopher Marlowe도 이해에 태어남.

1573년 9세 후에 사우샘프턴 백작Earl of Southampton이 되어 셰익스피어를 후원하는 헨리 리즐리Henry Wriothesley 태어남.

1576년 12세 영국 최초의 공공 극장인 〈씨어터 극장The Theatre〉이 건립됨.

1582년 18세 여덟 살 연상인 앤 해서웨이Anne Hathaway와 결혼.

1583년 19세 장녀 수잔나Susanna 태어남. 5월 26일 세례를 받음.

1585년 21세 쌍둥이 아들 햄닛Hamnet과 딸 주디스Judith 태어남.

1587년 23세 영국으로 망명와 있던 스코틀랜드의 메리 여왕Mary Stuart이 반란 혐의로 처형됨.

1588년 24세 프랜시스 드레이크 경Sir Francis Drake이 스페인의 무적함대인 아마다Armada를 무찌름.

1589년 25세 「헨리 6세Henry VI」 제1부 집필.

1590~1591년 26~27세 「헨리 6세」 제2부와 제3부 집필.

1592년 28세 극작가 로버트 그린Robert Greene이 〈많은 후회로 얻은 서푼짜리 기지A Groatsworth of Wit bought with a Million of Repentance〉라는 제목의 팸플릿에서 셰익스피어의 유명세를 비난함. 런던에 흑사병이 창궐하여 7월부터 1594년 6월까지 극장 폐쇄. 극단들은 지방 순회공연을 다님. 「리처드 3세Richard III」, 시집 『비너스와 아도니스Venus and Adonis』, 「실수 희극The Comedy of Errors」 집필.

1593년 29세 후원자인 사우샘프턴 백작에게 헌정한 『비너스와 아도니스』 출간. 「타이터스 앤드로니커스Titus Andronicus」, 「말괄량이 길들이기The Taming of the Shrew」 집필.

1594년 30세 시집 『루크리스의 겁탈The Rape of Lucrece』 출간, 역시 사우샘프턴 백작에게 헌정함. 「베로나의 두 신사Two Gentlemen of Verona」, 「사랑의 헛수고Lover's Labour's Lost」, 「존 왕King John」 집필. 여왕의 전의(典醫)인 로페즈Rodrigo López가 여왕 독살 혐의로 처형됨. 〈궁내 장관 극단The Chamberlain's Men〉이 창설됨.

1595년 31세 「리처드 2세Richard II」, 「로미오와 줄리엣Romeo and Juliet」, 「한여름 밤의 꿈A Midsummer Night's Dream」 집필.

1596년 32세 아버지 존 셰익스피어가 문장(紋章) 사용을 허가받아 〈신사〉로 서명할 수 있게 됨. 아들 햄닛이 사망함. 「베니스의 상인The Merchant of Venice」과 「헨리 4세Henry IV」 제1부 집필.

1597년 33세 스트랫퍼드의 대저택 뉴플레이스를 매입함. 「윈저의 즐거운 아낙네들Merry Wives of Windsor」 집필. 〈글로브 극장The Globe〉 설립.

1598년 34세 「헨리 4세」 제2부, 「헛소동Much Ado About Nothing」 집필.

1599년 35세 「헨리 5세Henry V」, 「줄리어스 시저Julius Caesar」, 「좋으실 대로As You Like It」 집필. 에섹스 백작The Earl of Essex이 아일랜드 평정에 실패한 후 여왕의 명에 반하여 귀국했다가 연금됨. 풍자물 출판 금지령이 선포됨.

1600년 36세 「햄릿Hamlet」 집필.

1601년 37세 1600년에 석방된 에섹스 백작이 쿠데타를 일으키기 전날 밤 「리처드 2세Richard II」의 공연을 요청함. 쿠데타 후 에섹스 백작은 반란죄로 처형되고 셰익스피어의 후원자인 사우샘프턴 백작도 이 반란에 연루되어 수감됨. 「십이야Twelfth Night」, 「트로일로스와 크레시다Troilus and Cressida」 집필.

1602년 38세 「끝이 좋으면 다 좋아All's Well That Ends Well」 집필.

1603년 39세 엘리자베스 1세 사망. 스코틀랜드의 제임스 6세가 제임스 1세로 등극하여 스튜어트 왕조 시작. 〈궁내 장관 극단〉의 명칭이 〈왕의 극단King's Men〉으로 바뀜.

1604년 40세 「자에는 자로Measure for Measure」, 「오셀로Othello」 집필.

1605년 41세 「리어 왕King Lear」 집필. 11월 5일 제임스 1세의 가톨릭 박해 정책에 항거하여 영국에서 가톨릭교도들이 의사당 지하실에 화약을 묻어 놓고 제임스 1세의 가족과 대신, 의원들을 죽이려 한 이른바 〈화약 음모 사건Gunpowder Plot〉이 발생함.

1606년 42세 화약 음모 사건의 주동자인 포크스Guido Fawkes와 예수회 신부 가네트Henry Garnet가 처형됨. 「맥베스Macbeth」, 「안토니와 클레오파트라Antony and Cleopatra」 집필.

1607년 43세 「코리오레이너스Coriolanus」, 「아테네의 타이먼Timon of Athens」, 「페리클레스Pericles」 집필.

1609년 45세 「심벌린Cymbelin」 집필. 『소네트집Sonnets』 출간.

1610년 46세 「겨울 이야기Winter's Tale」 집필.

1611년 47세 「태풍Tempest」 집필.

1612년 48세 존 플레처John Fletcher와 함께 「헨리 8세Henry VIII」 집필.

1613년 49세 존 플레처와 「고결한 두 친척The Two Noble Kinsmen」 집

필.「헨리 8세」 공연 중 화재로 글로브 극장이 소실됨.

1614년 50세   글로브 극장 재개관.

1616년 52세   딸 주디스 결혼. 4월 23일 윌리엄 셰익스피어 사망.

1623년   셰익스피어의 아내 앤 해서웨이 사망. 존 헤밍John Heminges과 헨리 콘델Henry Condell에 의해 36개의 극이 수록된 최초의 극전집 『제1이절판*The First Folio*』 출간.

열린책들 세계문학 193 오셀로

옮긴이 권오숙 한국외국어대학교 영어과를 졸업하고 동 대학원에서 박사 학위를 받았다. 현재 한국외국어대학교, 덕성여자대학교, 경희대학교에서 영문학을 강의하며 셰익스피어에 대한 연구를 중심으로 다양한 저술 활동을 하고 있다. 셰익스피어에 관한 연구 논문 「말괄량이 길들이기: 여성 정체성 형성의 작위적 과정」, 「리어왕: 봉건적 이데올로기와 신흥 자본주의 이데올로기의 충돌」 등을 발표했고, 지은 책으로 『셰익스피어 그림으로 읽기』, 『셰익스피어와 후기 구조주의』(문화체육관광부 우수 학술 도서), 『여성 문화의 새로운 시각』(공저, 문화체육관광부 우수 학술 도서), 『청소년을 위한 셰익스피어』 등이, 옮긴 책으로는 『햄릿』, 『맥베스』, 『살로메』, 『엄마에게 쓰는 편지』 등이 있다.

지은이 윌리엄 셰익스피어 **옮긴이** 권오숙 **발행인** 홍예빈·홍유진
발행처 주식회사 열린책들 **주소** 경기도 파주시 문발로 253 파주출판도시
전화 031-955-4000 **팩스** 031-955-4004 **홈페이지** www.openbooks.co.kr
Copyright (C) 주식회사 열린책들, 2011, *Printed in Korea*.
ISBN 978-89-329-1193-9 04840 **ISBN** 978-89-329-1499-2 (세트)
발행일 2011년 12월 20일 세계문학판 1쇄 2023년 1월 30일 세계문학판 7쇄

이 도서의 국립중앙도서관 출판예정도서목록(CIP)은 서지정보유통지원시스템 홈페이지(http://seoji.nl.go.kr)와 국가자료공동목록시스템(http://www.nl.go.kr/kolisnet)에서 이용하실 수 있습니다.(CIP제어번호: CIP2011005358)

열린책들 세계문학
Open Books World Literature

001 죄와 벌 전2권
표도르 도스또예프스끼 장편소설 | 홍대화 옮김 | 각 408, 512면
죄와 벌의 심리 과정을 따라가며 혁명 사상의 실제적 문제를 제시하는 명작
- 고려대학교 선정 〈교양 명저 60선〉
- 미국 대학 위원회 선정 SAT 추천 도서

003 최초의 인간
알베르 카뮈 장편소설 | 김화영 옮김 | 392면
20세기 문학의 정점을 이룬 알베르 카뮈 최후의 육성
- 1957년 노벨 문학상 수상 작가

004 소설 전2권
제임스 미치너 장편소설 | 윤희기 옮김 | 각 280, 368면
〈소설이란 무엇인가〉라는 주제를 작가, 편집자, 비평가, 독자의 입장에서 풀어 나간 작품
- 〈이달의 청소년도서〉 선정
- 한국 간행물 윤리 위원회 선정 〈청소년 권장 도서〉

006 개를 데리고 다니는 부인
안똔 체호프 소설선집 | 오종우 옮김 | 368면
삶의 진실과 인간의 참모습을 웃음과 울음으로 드러내는 위대한 작품
- 1993년 서울대학교 선정 〈동서 고전 200선〉
- 2002년 노벨 연구소가 선정한 〈세계문학 100선〉

007 우주 만화
이탈로 칼비노 단편집 | 김운찬 옮김 | 416면
25개 단편 속 신비로운 존재 〈크프우프크〉를 통해 환상적으로 창조된 우스꽝스러운 우주

008 댈러웨이 부인
버지니아 울프 장편소설 | 최애리 옮김 | 296면
난해한 〈의식의 흐름〉 기법과 〈내적 독백〉을 시도한 영국 모더니즘 소설의 고전
- 2005년 『타임』지 선정 〈100대 영문 소설〉, 〈20세기 100선〉
- 2009년 『뉴스위크』 선정 〈세계 100대 명저〉

009 어머니
막심 고리끼 장편소설 | 최윤락 옮김 | 544면
혁명의 교과서이자 인간다운 삶의 권리를 일깨우는 영원한 고전
- 1912년 그리보예도프상
- 2006년 이고르 수히흐 교수 〈러시아 문학 20세기의 책 20권〉
- 서울대학교 권장 도서 100선

010 변신
프란츠 카프카 중단편집 | 홍성광 옮김 | 464면
어디에도 안주하지 못하는 인간의 모습을 초현실적으로 그려 낸 카프카의 주옥같은 단편들
- 서울대학교 권장 도서 100선

011 전도서에 바치는 장미
로저 젤라즈니 중단편집 | 김상훈 옮김 | 432면
신화와 SF의 융합, 흥미롭고 지적인 중단편 소설집

012 대위의 딸
알렉산드르 뿌쉬낀 장편소설 | 석영중 옮김 | 240면
역사적 대사건을 가정 소설과 연애 소설의 형식에 녹여 내어 조망한 산문 예술의 정점
- 2000년 한국 백상 출판 문화상 번역상

013 바다의 침묵
베르코르 소설선집 | 이상해 옮김 | 256면
전쟁과 이데올로기에 가려진 인간성에 대하여 고찰한 레지스탕스 문학의 백미

014 원수들, 사랑 이야기
아이작 싱어 장편소설 | 김진준 옮김 | 320면
유대인 학살에서 살아남은 네 남녀의 사랑과 상처를 그린 소설
- 1978년 노벨 문학상 수상 작가

015 백치 전2권
표도르 도스또예프스끼 장편소설 | 김근식 옮김 | 각 504, 528면
백치 미쉬낀을 통해 구현하는 완전한 아름다움과 순수한 인간의 형상
- 피터 빅스웅 〈죽기 전에 읽어야 할 1001권의 책〉

017 1984년
조지 오웰 장편소설 | 박경서 옮김 | 392면
감시하고 통제하는 전체주의 권력 앞에 무력해지는 인간의 삶
- 2009년 『뉴스위크』 선정 〈세계 100대 명저〉
- 『타임』지가 뽑은 〈20세기 100선〉

019 이상한 나라의 앨리스
루이스 캐럴 환상동화 | 머빈 피크 그림 | 최용준 옮김 | 336면
시공을 초월하며 상상력과 호기심의 한계를 허무는 루이스 캐럴의 환상 동화
- 2003년 BBC 〈영국인들이 가장 사랑하는 소설 100편〉
- 2004년 〈한국 문인이 선호하는 세계 명작 소설 100선〉

020 베네치아에서의 죽음
토마스 만 중단편집 | 홍성광 옮김 | 432면

삶과 죽음, 예술과 일상이라는 양극의 주제를 다룬 걸작
- 1929년 노벨 문학상 수상 작가
- 피터 박스올 《죽기 전에 읽어야 할 1001권의 책》

021 그리스인 조르바
니코스 카잔차키스 장편소설 | 이윤기 옮김 | 488면

카잔차키스가 그려 낸 자유인 조르바의 영혼의 투쟁
- 2002년 노벨 연구소가 선정한 《세계문학 100선》
- 2004년 《한국 문인이 선호하는 세계 명작 소설 100선》
- 2005년 동아일보 선정 《21세기 신고전 50선》
- 피터 박스올 《죽기 전에 읽어야 할 1001권의 책》

022 벚꽃 동산
안똔 체호프 희곡선집 | 오종우 옮김 | 336면

거창한 사상보다는 삶의 사소함을 객관적인 문체로 그린, 가장 완숙한 체호프의 작품
- 2006년 이고르 수히흐 교수 《러시아 문학 20세기의 책 20권》
- 미국 대학 위원회 선정 SAT 추천 도서
- 서울대학교 권장 도서 100선

023 연애 소설 읽는 노인
루이스 세풀베다 장편소설 | 정창 옮김 | 192면

담백하고 섬세한 문체와 간결한 내용에 인간의 탐욕과 자연의 거대함을 담은 환경 소설
- 1989년 티그레 후안상
- 1998년 전 세계 베스트셀러 8위

024 젊은 사자들 전2권
어윈 쇼 장편소설 | 정영문 옮김 | 각 416, 408면

인간의 어리석음, 광기, 우스꽝스러움을 탁월하게 포착한 전쟁 소설이자 심리 소설
- 1945년 오 헨리 문학상
- 1970년 플레이보이상

026 젊은 베르테르의 슬픔
요한 볼프강 폰 괴테 장편소설 | 김인순 옮김 | 240면

사랑의 열병을 앓는 전 세계 젊은이들의 영혼을 울린 감성 문학의 고전
- 2003년 크리스티아네 취르트 《사람이 읽어야 할 모든 것 책》
- 피터 박스올 《죽기 전에 읽어야 할 1001권의 책》

027 시라노
에드몽 로스탕 희곡 | 이상해 옮김 | 256면

명랑한 영웅주의, 감미로운 연애 감정, 기발하고 화려한 시구들이 돋보이는 명작
- 미국 대학 위원회 선정 SAT 추천 도서

028 전망 좋은 방
E. M. 포스터 장편소설 | 고정아 옮김 | 352면

영국 사회의 계층 간 갈등과 가치관의 충돌을 날카롭게 포착한 걸작
- 1998년 랜덤하우스 모던 라이브러리 선정 《최고의 영문 소설 100》
- 피터 박스올 《죽기 전에 읽어야 할 1001권의 책》

029 까라마조프 씨네 형제들 전3권
표도르 도스또예프스끼 장편소설 | 이대우 옮김 | 각 496, 496, 460면

많은 인물군과 에피소드를 통해 심오한 사상과 예술적 깊이를 보여 주는 도스또예프스끼 40년 창작의 결산
- 국립중앙도서관 선정 청소년 권장 도서 50선
- 서울대학교 권장 도서 100선
- 서머싯 몸 선정 세계 10대 소설

032 프랑스 중위의 여자 전2권
존 파울즈 장편소설 | 김석희 옮김 | 각 344면

자유에 대한 정열이 고갈된 20세기에 대한 탁월한 우화
- 1969년 실버펜상
- 2005년 『타임』지 선정 《100대 영문 소설》

034 소립자
미셸 우엘벡 장편소설 | 이세욱 옮김 | 448면

성(性) 풍속의 변천 과정을 중심으로 전개되는 두 형제의 쓸쓸한 삶을 다룬 작품
- 1998년 『타임스 리터러리 서플러먼트』 선정 《올해의 책》
- 2002년 국제 IMPAC 더블린 문학상
- 1998년 『리르』 선정 《올해 최고의 책》

035 영혼의 자서전 전2권
니코스 카잔차키스 자서전 | 안정효 옮김 | 각 352, 408면

카잔차키스 자신의 삶의 여정을 아름답게 묘사한 자전적 소설

037 우리들
예브게니 자먀찐 장편소설 | 석영중 옮김 | 320면

인간이 인간일 수 있음을 방해하는 모든 제도를 거부하는, 디스토피아 소설의 효시
- 2006년 이고르 수히흐 교수 《러시아 문학 20세기의 책 20권》
- 피터 박스올 《죽기 전에 읽어야 할 1001권의 책》

038 뉴욕 3부작
폴 오스터 장편소설 | 황보석 옮김 | 480면

추리 소설의 형식을 빌려 장르의 관습을 뒤엎어 버린, 가장 미국적인 소설
- 피터 박스올 《죽기 전에 읽어야 할 1001권의 책》

039 닥터 지바고 전2권
보리스 파스테르나크 장편소설 | 홍대화 옮김 | 각 480, 592면

장엄한 시대의 증언으로 러시아 문학의 지평을 넓힌 해빙기 문학의 정수

- 1958년 노벨 문학상
- 미국 대학 위원회 선정 SAT 추천 도서
- 『타임』지가 뽑은 〈20세기 100선〉

041 고리오 영감
오노레 드 발자크 장편소설 | 임희근 옮김 | 456면

〈인간 희극〉 시리즈의 으뜸으로, 이후 방대한 소설 세계를 열어 주는 발자크의 대표작

- 2002년 노벨 연구가 선정한 〈세계문학 100선〉
- 연세대학교 권장 도서 200권

042 뿌리 전2권
알렉스 헤일리 장편소설 | 안정효 옮김 | 각 400, 448면

10여 년간의 철저한 자료 조사로 재구성된 르포르타주 문학의 걸작

- 1977년 퓰리처상
- 1977년 전미 도서상
- 2004년 〈한국 문인이 선호하는 세계 명작 소설 100선〉
- 2005년 헨리 포드사 선정 〈75년간 미국을 뒤바꾼 75가지〉

044 백년보다 긴 하루
친기즈 아이뜨마또프 장편소설 | 황보석 옮김 | 560면

꿈꾸는 듯한 현실과 현실 같은 상상이 절묘하게 어우러진 소비에트 문화권 최고의 스테디셀러

- 1983년 소비에트 문학상
- 1994년 오스트리아 유럽 문학상

045 최후의 세계
크리스토프 란스마이어 장편소설 | 장희권 옮김 | 264면

신화적 인물과 모티브를 현대적 관심사들과 결합시킨 지적 신화 소설

- 1988년 프랑크푸르트 도서전 선정 〈올해의 책〉
- 1988년 안톤 빌트간스상
- 1992년 독일 바이에른 주 학술원 대문학상
- 피터 박스올 〈죽기 전에 읽어야 할 1001권의 책〉

046 추운 나라에서 돌아온 스파이
존 르카레 장편소설 | 김석희 옮김 | 368면

20세기 냉전이 낳은 존 르카레 최고의 스릴러

- 1963년 서머싯 몸상
- 1963년 영국 추리작가 협회상
- 1963년 미국 추리작가 협회상
- 2005년 『타임』지 선정 〈100대 영문 소설〉

047 산도칸 — 몸프라쳄의 호랑이
에밀리오 살가리 장편소설 | 유향란 옮김 | 428면

말레이시아 해를 배경으로 펼쳐지는 해적 산도칸과 그의 친구 야네스의 활약상

- 피터 박스올 〈죽기 전에 읽어야 할 1001권의 책〉

048 기적의 시대
보리슬라프 페키치 장편소설 | 이윤기 옮김 | 560면

예수가 행한 기적의 이면을 인간의 입장에서 조명한 기막힌 패러디

- 1965년 유고슬라비아 문학상

049 그리고 죽음
짐 크레이스 장편소설 | 김석희 옮김 | 224면

성장과 소멸, 삶과 죽음이 자연과 인간에게 주는 의미를 성찰하게 하는 걸작

- 1999년 전미 비평가 협회상
- 1999년 『가디언』 선정 〈올해의 책〉

050 세설 전2권
다니자키 준이치로 장편소설 | 송태욱 옮김 | 각 480면

몰락한 오사카 상류층의 네 자매의 결혼 이야기를 통해 당시의 풍속을 잔잔하게 그린 작품

052 세상이 끝날 때까지 아직 10억 년
스뜨루가쯔끼 형제 장편소설 | 석영중 옮김 | 224면

반유토피아 문학의 전통을 계승한 정치 풍자로 판금 조치를 당하기도 한 문제작

- 1988년 〈이달의 청소년 도서〉 선정

053 동물 농장
조지 오웰 장편소설 | 박경서 옮김 | 208면

스딸린 통치의 역사를 동물 우화에 빗댄 정치 알레고리 소설의 고전

- 2008년 영국 플레이닷컴 선정 〈역사상 가장 위대한 소설 10〉
- 2009년 『뉴스위크』 선정 〈세계 100대 명자〉

054 캉디드 혹은 낙관주의
볼테르 장편소설 | 이봉지 옮김 | 232면

해학과 풍자를 통해 작가 자신의 철학을 고스란히 담아 낸 철학적 콩트의 정수

- 1993년 서울대학교 선정 〈동서 고전 200선〉
- 미국 대학 위원회 선정 SAT 추천 도서

055 도적 떼
프리드리히 폰 실러 희곡 | 김인순 옮김 | 264면

〈형제의 반목〉이라는 모티프를 이용하여 자유와 반항을 설득력 있게 묘사한 비극

- 1993년 서울대학교 선정 〈동서 고전 200선〉
- 고려대학교 선정 〈교양 명저 60선〉

056 플로베르의 앵무새
줄리언 반스 장편소설 | 신재실 옮김 | 320면

예술 작품을 둘러싸고 벌어지는 인간 사회의 다양한 양상을 날카롭게 통찰한 작품

- 1986년 메디치상
- 1986년 E. M. 포스터상
- 1987년 구텐베르크상

057 악령 전3권
표도르 도스또예프스끼 장편소설 | 박혜경 옮김 | 각 328, 408, 528면

실제 사건에 심리적, 형이상학적 색채를 가미한 위대한 비극

- 1966년 동아일보 선정 〈한국 명사들의 추천 도서〉
- 피터 박스올 〈죽기 전에 읽어야 할 1001권의 책〉

060 의심스러운 싸움
존 스타인벡 장편소설 | 윤희기 옮김 | 340면

1930년대 대공황기 캘리포니아 농장 지대의 파업을 극적으로 그린 소설

- 1937년 캘리포니아 커먼웰스 클럽 금상
- 1962년 노벨 문학상 수상 작가

061 몽유병자들 전2권
헤르만 브로흐 장편소설 | 김경연 옮김 | 각 568, 544면

현대 문명의 병폐와 가치의 붕괴를 상징적, 비판적으로 해석한 박물 소설이자 모든 문학적 표현 수단의 총체

063 몰타의 매
대실 해밋 장편소설 | 고정아 옮김 | 304면

하드보일드 소설의 창시자 대실 해밋의 세계 최초 탐정 소설

- 2009년 『뉴스위크』 선정 〈세계 100대 명작〉
- 뉴욕 추리 전문 서점 블랙 오키드 선정 〈최고의 추리 소설 10〉

064 마야꼬프스끼 선집
블라지미르 마야꼬프스끼 선집 | 석영중 옮김 | 384면

20세기 러시아의 위대한 혁명 시인 마야꼬프스끼의 대표적인 시와 산문 모음집

065 드라큘라 전2권
브램 스토커 장편소설 | 이세욱 옮김 | 각 340, 344면

공포와 성(性)을 결합시킨 환상 문학의 고전

- 2003년 크리스티아네 취른트 〈사람이 읽어야 할 모든 것 책〉
- 피터 박스올 〈죽기 전에 읽어야 할 1001권의 책〉

067 서부 전선 이상 없다
에리히 마리아 레마르크 장편소설 | 홍성광 옮김 | 336면

지극히 평범한 인간을 통해 전쟁의 본질을 보여 주는, 가장 위대한 전쟁 소설

- 미국 대학 위원회 선정 SAT 추천 도서
- 『타임』지가 뽑은 〈20세기 100선〉
- 피터 박스올 〈죽기 전에 읽어야 할 1001권의 책〉

068 적과 흑 전2권
스탕달 장편소설 | 임미경 옮김 | 각 432, 368면

〈출세〉를 향한 젊은이의 성공과 좌절을 통해 부조리한 사회 구조를 고발한 작품

- 2002년 노벨 연구소가 선정한 〈세계문학 100선〉
- 국립중앙도서관 선정 청소년 권장 도서 50선
- 서울대학교 권장 도서 100선

070 지상에서 영원으로 전3권
제임스 존스 장편소설 | 이종인 옮김 | 각 396, 380, 496면

제2차 세계 대전을 배경으로 두 쌍의 연인을 통해 하와이 주둔 미군 부대의 실상을 폭로한 자연주의 소설

- 1952년 전미 도서상
- 1998년 랜덤하우스 모던 라이브러리 선정 〈최고의 영문 소설 100〉

073 파우스트
요한 볼프강 폰 괴테 희곡 | 김인순 옮김 | 568면

진리를 찾는 파우스트를 통해 인간사의 모든 문제를 상징적으로 표현한 고전 중의 고전

- 2002년 노벨 연구소가 선정한 〈세계문학 100선〉
- 2003년 국립중앙도서관 선정 〈고전 100선〉
- 미국 대학 위원회 선정 SAT 추천 도서
- 서울대학교 권장 도서 100선
- 『뉴스위크』 선정 〈세상을 움직인 100권의 책〉

074 쾌걸 조로
존스턴 매컬리 장편소설 | 김훈 옮김 | 316면

마스크 뒤에 정체를 감추고 폭압에 맞서 싸우는 쾌걸 조로의 가슴 시원한 활약

075 거장과 마르가리따 전2권
미하일 불가꼬프 장편소설 | 홍대화 옮김 | 각 364, 328면

스딸린 치하의 소비에트 사회를 풍자하는 서늘한 공포와 유쾌한 웃음의 묘미

- 2006년 이고르 수히흐 교수 〈러시아 문학 20세기의 책 20권〉
- 피터 박스올 〈죽기 전에 읽어야 할 1001권의 책〉

077 순수의 시대
이디스 워튼 장편소설 | 고정아 옮김 | 448면

사랑과 결혼의 의미를 찾는 세 남녀의 이야기를 세밀하게 그려 낸 연애 소설의 고전

- 1998년 랜덤하우스 모던 라이브러리 선정 〈최고의 영문 소설 100〉
- 2009년 『뉴스위크』 선정 〈세계 100대 명작〉

078 검의 대가
아르투로 페레스 레베르테 장편소설 | 김수진 옮김 | 384면

1868년 마드리드, 역사적인 음모와 계략 그리고 화려한 검술이 엮어 내는 지적 미스터리

- 1993년 『리르』지 선정 〈10대 외국 소설가〉
- 1997년 코레오 그룹상
- 2000년 『뉴욕 타임스』 선정 〈올해의 포켓북〉

079 예브게니 오네긴
알렉산드르 뿌쉬낀 운문소설 | 석영중 옮김 | 328면

패러디의 소설이자 소설의 패러디. 러시아가 낳은 위대한 시인 뿌쉬낀의 장편 운문 소설

- 고려대학교 선정 〈교양 명저 60선〉
- 연세대학교 권장 도서 200권

080 장미의 이름 전2권
움베르토 에코 장편소설 | 이윤기 옮김 | 각 440, 448면

에코의 해박한 인류학적 지식과 기호학 이론이 녹아 있는 중세 추리 소설

- 1981년 스트레가상
- 1982년 메디치상
- 『타임』지가 뽑은 〈20세기 100선〉

082 향수
파트리크 쥐스킨트 장편소설 | 강명순 옮김 | 384면

지상 최고의 향수를 만들려는 한 악마적 천재의 기상천외한 이야기

- 2003년 BBC 「빅리드」 조사 〈영국인들이 가장 사랑하는 소설 100선〉
- 2008년 서울대학교 대출 도서 순위 20

083 여자를 안다는 것
아모스 오즈 장편소설 | 최창모 옮김 | 280면

현대 히브리 문학의 대표적 작가이자 평화 운동가인 아모스 오즈의 대표작

084 나는 고양이로소이다
나쓰메 소세키 장편소설 | 김난주 옮김 | 544면

고양이의 눈에 비친 인간들의 우스꽝스럽고도 서글픈 초상

085 웃는 남자 전2권
빅토르 위고 장편소설 | 이형식 옮김 | 각 472, 496면

17세기 영국 사회에 대한 묘사와 역사에 대한 통찰력이 돋보이는 위고의 최고 걸작

087 아웃 오브 아프리카
카렌 블릭센 장편소설 | 민승남 옮김 | 480면

아프리카에 바치는, 아프리카인과 나눈 사랑과 교감 그리고 우정과 깨달음의 기록

- 피터 박스올 〈죽기 전에 읽어야 할 1001권의 책〉

088 무엇을 할 것인가 전2권
니콜라이 체르니셰프스끼 장편소설 | 서정록 옮김 | 각 360, 404면

젊은 지식인들에게 〈혁명의 교과서〉로 추앙받은 사회주의 이상 소설

090 도나 플로르와 그녀의 두 남편 전2권
조르지 아마두 장편소설 | 오숙은 옮김 | 각 408, 308면

브라질의 국민 작가 아마두의 관능적이고도 익살이 넘치는 대표작

092 미사고의 숲
로버트 홀드스톡 장편소설 | 김상훈 옮김 | 424면

신화의 원형과 〈숲〉으로 상징되는 집단 무의식의 본질을 유려한 문체로 형상화한 걸작

- 1985년 세계 환상 문학상 대상
- 2003년 프랑스 환상 문학상 특별상

093 신곡 전3권
단테 알리기에리 장편서사시 | 김운찬 옮김 | 각 292, 296, 328면

총 1만 4233행으로 기록된, 단테의 일주일 동안의 저승 여행 이야기

- 2009년 『뉴스위크』 선정 〈세계 100대 명자〉
- 서울대학교 권장 도서 100선

096 교수
샬럿 브론테 장편소설 | 배미영 옮김 | 368면

권위와 위선을 거부하고 자립해 가는 인간들의 모순된 내면 심리에 대한 탁월한 묘사

097 노름꾼
표도르 도스또예프스끼 장편소설 | 이재필 옮김 | 320면

잡지의 실패, 형과 아내의 죽음, 빚…… 파국으로 치닫는 악몽 같은 이야기로 승화한 작가의 회상

098 하워즈 엔드
E. M. 포스터 장편소설 | 고정아 옮김 | 512면

정교한 플롯과 다채로운 인물 묘사가 돋보이는 E. M. 포스터의 역작

- 1998년 랜덤하우스 모던 라이브러리 선정 〈최고의 영문 소설 100〉
- 2004년 〈한국 문인이 선호하는 세계 명작 소설 100선〉

099 최후의 유혹 전2권
니코스 카잔차키스 장편소설 | 안정효 옮김 | 각 408면

예수뿐 아니라 그의 주변 인물들에게까지 생생한 살과 영혼을 부여한 소설

- 피터 박스올 〈죽기 전에 읽어야 할 1001권의 책〉

101 키리냐가
마이크 레스닉 장편소설 | 최용준 옮김 | 464면

모든 문제에 대한 해답이 존재했던, 잃어버린 유토피아에 관한 우화

- 1989년 휴고상

102 바스커빌가의 개
아서 코넌 도일 장편소설 | 조영학 옮김 | 264면

가장 매력적인 탐정 〈셜록 홈스〉를 창조해 낸 코넌 도일 최고의 장편소설

- 『히치콕 매거진』 선정 〈세계 10대 추리 소설〉
- 피터 박스올 〈죽기 전에 읽어야 할 1001권의 책〉

103 버마 시절
조지 오웰 장편소설 | 박경서 옮김 | 408면

〈인도 제국주의 경찰〉이라는 실제 경험을 바탕으로 완성한 조지 오웰의 첫 장편, 그 식민지의 기록

104 10 1/2장으로 쓴 세계 역사
줄리언 반스 장편소설 | 신재실 옮김 | 464면

패러디, 다큐멘터리, 에세이 등 다양한 형식을 통한 세계 역사의 포스트모더니즘적 전복

105 죽음의 집의 기록
표도르 도스또예프스끼 장편소설 | 이덕형 옮김 | 528면

도스또예프스끼의 실제 경험이 가장 많이 반영된 다큐멘터리적 소설

- 1955년 시카고 대학 그레이트 북스
- 피터 박스올 《죽기 전에 읽어야 할 1001권의 책》

106 소유 전2권
수전 바이어트 장편소설 | 윤희기 옮김 | 각 440, 488면

우연히 발견된 편지의 비밀을 좇으며 알아 가는 빅토리아 시대의 사랑, 그리고 현실의 사랑

- 1990년 부커상
- 1990년 영국 최고 영예 지도자상인 커맨드(CBE) 훈장
- 2005년 『타임』지 선정 〈100대 영문 소설〉

108 미성년 전2권
표도르 도스또예프스끼 장편소설 | 이상룡 옮김 | 각 512, 544면

불행한 운명을 타고난 한 청년이 이상과 현실 사이에서 방황하는 모습을 그린 성장 소설

110 성 앙뚜안느의 유혹
귀스타브 플로베르 희곡소설 | 김용은 옮김 | 584면

〈낭만주의적 구도자〉 귀스타브 플로베르가 스스로 밝힌 〈평생의 작품〉

111 밤으로의 긴 여로
유진 오닐 희곡 | 강유나 옮김 | 240면

치솟는 애증과 한없는 연민의 다른 이름, 〈가족〉에 대한 유진 오닐의 자전적 고백

- 1936년 노벨 문학상 수상 작가
- 1957년 퓰리처상
- 미국 대학 위원회 선정 SAT 추천 도서
- 『타임』지가 뽑은 〈20세기 100선〉

112 마법사 전2권
존 파울즈 장편소설 | 정영문 옮김 | 각 512, 552면

중층적 책략과 거미줄처럼 깔린 복선, 다양한 상징이 어우러진 거대한 환상의 숲

- 2003년 BBC 『빅리드』 조사 〈영국인들이 가장 사랑하는 소설 100편〉
- 『타임』지 선정 〈100대 영문 소설〉

114 스쩨빤치꼬보 마을 사람들
표도르 도스또예프스끼 장편소설 | 변현태 옮김 | 416면

작가의 시베리아 유형 직후에 발표된 작품. 유쾌한 희극적 기법과 언어의 기막힌 패러디

115 플랑드르 거장의 그림
아르투로 페레스 레베르테 장편소설 | 정창 옮김 | 512면

그림에 감추어진 문장을 단서로 과거를 추적해 가는 미스터리이자 역사 추리 소설

- 1993년 프랑스 추리 소설 대상
- 1993년 『리르』지 선정 〈10대 외국인 소설가〉

116 분신
표도르 도스또예프스끼 장편소설 | 석영중 옮김 | 288면

〈의식의 분열〉이라는 도스또예프스끼 창작의 가장 중요한 테마를 예고한 작품

117 가난한 사람들
표도르 도스또예프스끼 장편소설 | 석영중 옮김 | 256면

보잘것없는 하급 관리와 욕심 많은 지주의 아내가 되는 가엾은 처녀가 주고받은 편지

118 인형의 집
헨리크 입센 희곡 | 김창화 옮김 | 272면

누군가의 아내 혹은 어머니가 아닌, 한 〈인간〉으로서의 여성의 깨달음을 그린 화제작

- 미국 대학 위원회 선정 SAT 추천 도서
- 『뉴스위크』 선정 〈세상을 움직인 100권의 책〉

119 영원한 남편
표도르 도스또예프스끼 장편소설 | 정명자 외 옮김 | 448면

도스또예프스끼의 심화된 예술 세계를 보여 주는 단편 모음집

120 알코올
기욤 아폴리네르 시집 | 황현산 옮김 | 352면

파격적인 시풍과 유려한 내재율을 자랑하는 기욤 아폴리네르의 첫 시집

121 지하로부터의 수기
표도르 도스또예프스끼 장편소설 | 계동준 옮김 | 256면

선악의 충돌, 환경과 윤리의 갈등, 인간의 번민과 그리스도를 통한 구원에 관한 이야기들

122 어느 작가의 오후
페터 한트케 중편소설 | 홍성광 옮김 | 160면

세계적 작가 페터 한트케가 소설의 형식으로 써 내려간 독특한 〈작가론〉, 한트케식 글쓰기의 표본

123 아저씨의 꿈
표도르 도스또예프스끼 장편소설 | 박종소 옮김 | 312면

과장의 기법과 희화적 색채를 드러낸 도스또예프스끼의 풍자 드라마 혹은 사회 비판적 소설

124 네또츠까 네즈바노바
표도르 도스또예프스끼 장편소설 | 박재만 옮김 | 316면

네또츠까 네즈바노바라는 한 여성의 일대기를 다룬 도스또예프스끼 최초의 장편이자 미완성작

125 곤두박질
마이클 프레인 장편소설 | 최용준 옮김 | 528면

해박한 미술사적 지식을 토대로 한 예술 소설이자 역사적 배경 속에서 벌어지는 사회심리 코미디

- 1999년 『타임스 리터러리 서플러먼트』 선정 〈올해의 책〉
- 1999년 휫브레드상

126 백야 외
표도르 도스또예프스끼 소설선집 | 석영중 외 옮김 | 408면
도스또예프스끼의 유토피아적 사회주의 사상이 나타난 단편 모음으로, 뻬뜨로빠블로프스끄 감옥에 수감된 동안의 삶의 환희 등이 엿보이는 작품

127 살라미나의 병사들
하비에르 세르카스 장편소설 | 김창민 옮김 | 304면
1939년 프랑스 국경 숲 집단 총살에서 살아남은 작가이자 팔랑헤당의 핵심 멤버였던 산체스 마사스를 추적하는, 탐정 소설 형식을 띤 이야기
- 2001년 스페인 살람보상, 『케 레에르』지 독자상, 바르셀로나 시의 상
- 2004년 영국 『인디펜던트』외국 소설상

128 뻬쩨르부르그 연대기 외
표도르 도스또예프스끼 소설선집 | 이항재 옮김 | 296면
새로운 테마와 방법으로 고심한 흔적이 나타나는, 당대 사회에 대한 날카로운 관찰자적 시각을 가지고 간결하고 세련된 문체를 사용한 작품

129 상처받은 사람들 전2권
표도르 도스또예프스끼 장편소설 | 윤우섭 옮김 | 각 296, 392면
19세기 중엽 뻬쩨르부르그 상류 사회의 이중적 삶과 하층민의 고통, 그로 인한 비극적 갈등과 모순을 그린 작품

131 악어 외
표도르 도스또예프스끼 소설선집 | 박혜경 외 옮김 | 312면
도스또예프스끼의 중기 단편. 점차 완숙해져 가는 작가의 예술적·사상적 세계관이 돋보이는 작품

132 허클베리 핀의 모험
마크 트웨인 장편소설 | 윤교찬 옮김 | 416면
모험 소설의 대가, 미국의 셰익스피어라 불리는 마크 트웨인의 대표작
- 미국 대학 위원회 선정 SAT 추천 도서
- 서울대학교 권장 도서 100선

133 부활 전2권
레프 똘스또이 장편소설 | 이대우 옮김 | 각 308, 416면
똘스또이의 세계관이 담긴 거대한 사상서, 끝없는 용서와 사랑으로 부활하는 인간성에 대한 이야기
- 2003년 국립중앙도서관 선정 〈고전 100선〉
- 2004년 〈한국 문인이 선호하는 세계 명작 소설 100선〉

135 보물섬
로버트 루이스 스티븐슨 장편소설 | 최용준 옮김 | 360면
백 년이 넘게 전 세계 독자들의 사랑을 받아 온 해양 모험 소설의 고전
- 2003년 BBC 『빅리드』조사 〈영국인들이 가장 사랑하는 소설 100편〉
- 미국 대학 위원회 선정 SAT 추천 도서

136 천일야화 전6권
앙투안 갈랑 | 임호경 옮김 | 각 336, 328, 372, 392, 344, 320면
마법과 흥미진진한 모험 속에서 아랍의 문화와 관습은 물론 아랍인들의 세계관과 기질을 재미있게 전하는 앙투안 갈랑의 〈천일야화〉 완역판
- 2003년 국립중앙도서관 선정 〈고전 100선〉

142 아버지와 아들
이반 뚜르게네프 장편소설 | 이상원 옮김 | 328면
격변기 러시아의 세대 갈등. 〈보수〉와 〈진보〉가 대립하는 시대상을 묘사하여 논쟁을 불러일으킨 작품
- 1993년 서울대학교 선정 〈동서 고전 200선〉
- 미국 대학 위원회 선정 SAT 추천 도서

143 오만과 편견
제인 오스틴 장편소설 | 원유경 옮김 | 480면
오만과 편견에서 비롯된 모든 갈등과 모순은 결혼으로 해결된다. 셰익스피어에 버금가는 작가 제인 오스틴의 대표작
- 1954년 서머싯 몸이 추천한 세계 10대 소설
- 2002년 노벨 연구소가 선정한 〈세계 문학 100선〉
- 미국 대학 위원회 선정 SAT 추천 도서

144 천로 역정
존 버니언 우화소설 | 이동일 옮김 | 432면
좁은 문을 지나 천국에 이르는 순례자의 여정. 침례교 설교자 존 버니언의 대표적인 종교적 우화소설
- 1945년 호레이스 십 선정 〈세계를 움직인 책 10권〉
- 2003년 국립중앙도서관 선정 〈고전 100선〉
- 2004년 〈한국 문인이 선호하는 세계 명작 소설 100선〉

145 대주교에게 죽음이 오다
윌라 캐더 장편소설 | 윤명옥 옮김 | 352면
웅대한 자연환경과 함께 뉴멕시코 선교사들의 삶을 그린, 퓰리처상 수상 작가 윌라 캐더의 아름다운 신화적 소설
- 2005년 『타임』지 선정 〈100대 영문 소설〉
- 2009년 『뉴스위크』 선정 〈세계 100대 명저〉
- 미국 대학 위원회 선정 SAT 추천 도서

146 권력과 영광
그레이엄 그린 장편소설 | 김연수 옮김 | 384면
군사 혁명 시절의 멕시코, 범법자이자 도망자를 자처한 어느 사제의 이야기. 불구가 된 세상이 신의 대리인에게 내리는 가혹한 형벌, 혹은 놀라운 축복!
- 2005년 『타임』지 선정 〈100대 영문 소설〉

147 80일간의 세계 일주
쥘 베른 장편소설 | 고정아 옮김 | 352면
공상 과학 소설의 고전. 지금까지 전 세계에 가장 많은 번역 작품을 남긴 쥘 베른, 그가 그려 낸 80일 동안의 세계 일주
- 미국 대학 위원회 선정 SAT 추천 도서

148 바람과 함께 사라지다 전3권
마거릿 미첼 장편소설 | 안정효 옮김 | 각 616, 640, 640면

미국 문학사상 최고의 이야기꾼 마거릿 미첼의 대표작. 전쟁의 폐허 속에서 살아가는 여성의 이야기
- 1937년 퓰리처상
- 2009년 『뉴스위크』 선정 〈세계 100대 명저〉

151 기탄잘리
라빈드라나트 타고르 시집 | 장경렬 옮김 | 224면

먼 곳을 가깝게 하고 낯선 이를 형제로 만드는 타고르 시의 힘. 나그네, 연인…… (님)을 그리는 가난한 마음이 바치는 노래의 화환
- 1913년 노벨 문학상
- 2003년 국립중앙도서관 선정 〈고전 100선〉

152 도리언 그레이의 초상
오스카 와일드 장편소설 | 윤희기 옮김 | 384면

예술과 삶의 관계를 해명한 오스카 와일드의 유일한 장편소설
- 1996년 동아일보 선정 〈한국 명사들의 추천 도서〉
- 미국 대학 위원회 선정 SAT 추천 도서

153 레우코와의 대화
체사레 파베세 장편소설 | 김운찬 옮김 | 280면

이탈리아 신사실주의 문학을 대표하는 파베세의 급진적인 신화 해석

154 햄릿
윌리엄 셰익스피어 희곡 | 박우수 옮김 | 256면

삶과 죽음, 도덕과 양심, 의지와 운명 등 다양한 문제를 동반한 존재 탐구의 여정
- 2002년 노벨 연구소가 선정한 〈세계문학 100선〉
- 미국 대학 위원회 선정 SAT 추천 도서

155 맥베스
윌리엄 셰익스피어 희곡 | 권오숙 옮김 | 176면

모순과 역설을 통해 인간 내면의 온갖 가치 충돌을 그려 낸, 셰익스피어 4대 비극의 마지막 작품
- 2002년 노벨 연구소가 선정한 〈세계문학 100선〉
- 미국 대학 위원회 선정 SAT 추천 도서

156 아들과 연인 전2권
D. H. 로런스 장편소설 | 최희섭 옮김 | 각 464, 432면

19세기 말에서 20세기 초 영국 사회 하층 계급의 삶을 생생하게 묘사한 로런스의 자전적 소설!
- 2002년 노벨 연구소가 선정한 〈세계문학 100선〉
- 2009년 『뉴스위크』 선정 〈세계 100대 명저〉

158 그리고 아무 말도 하지 않았다
하인리히 뵐 장편소설 | 홍성광 옮김 | 272면

〈전후 독일에서 쓰인 최고의 책〉이라고 극찬받은 작품. 섬세하게 묘사된 전후의 내면 풍경
- 1972년 노벨 문학상 수상 작가

159 미덕의 불운
싸드 장편소설 | 이형식 옮김 | 248면

신앙 깊고 정숙한 미덕의 화신 쥐스띤느에게 가해지는 잔혹한 운명. 〈싸디즘〉의 유래가 된 문제작

160 프랑켄슈타인
메리 W. 셸리 장편소설 | 오숙은 옮김 | 320면

공포 소설, 공상 과학 소설의 고전. 과학의 발전과 실험이 불러올지도 모를 끔찍한 재앙에 대한 경고
- 2009년 『뉴스위크』 선정 〈세계 100대 명저〉
- 미국 대학 위원회 선정 SAT 추천 도서

161 위대한 개츠비
프랜시스 스콧 피츠제럴드 장편소설 | 한애경 옮김 | 280면

개츠비, 닉, 톰이라는 세 캐릭터를 통해 시대적 불안을 뛰어나게 묘사한 고전
- 2005년 『타임』지 선정 〈100대 영문 소설〉
- 미국 대학 위원회 선정 SAT 추천 도서

162 아Q정전
루쉰 중단편집 | 김태성 옮김 | 320면

현대 중국의 문학과 인문 정신의 출발을 상징하는 루쉰의 소설집
- 1996년 『뉴욕 타임스』 선정 〈20세기에 가장 큰 영향을 끼친 그레이트 북스〉

163 로빈슨 크루소
대니얼 디포 장편소설 | 류경희 옮김 | 456면

최초의 본격 소설이자 근대 소설의 효시. 국적과 시대와 세대를 불문한 여행기 문학의 대표작
- 2003년 국립중앙도서관 선정 〈고전 100선〉
- 미국 대학 위원회 선정 SAT 추천 도서

164 타임머신
허버트 조지 웰스 소설선집 | 김석희 옮김 | 304면

SF의 거인 허버트 조지 웰스가 그려 낸 인류의 미래 그 잔혹한 기적!
- 2003년 크리스티아네 취른 〈사람이 읽어야 할 모든 것 책〉
- 피터 박솔 〈죽기 전에 읽어야 할 1001권의 책〉

165 제인 에어 전2권
샬럿 브론테 장편소설 | 이미선 옮김 | 각 392, 384면

가난한 고아 가정 교사 제인 에어와 부유하지만 불행한 로체스터의 사랑을 주제로 한 연애 소설
- 미국 대학 위원회 선정 SAT 추천 도서
- 피터 박솔 〈죽기 전에 읽어야 할 1001권의 책〉

167 풀잎
월트 휘트먼 시집 | 허현숙 옮김 | 280면

자유시의 선구자 월트 휘트먼 40년간 수정과 증보를 거듭한 시집 『풀잎』의 초판 완역본
- 2002년 노벨 연구소가 선정한 〈세계문학 100선〉
- 2009년 『뉴스위크』 선정 〈세계 100대 명저〉

168 표류자들의 집
기예르모 로살레스 장편소설 | 최유정 옮김 | 216면

쿠바와 미국, 그 어느 땅에도 뿌리박기를 거부한 작가 기예르모 로살레스, 그가 생전에 남긴 단 한 권의 책
- 1987년 황금 문학상

169 배빗
싱클레어 루이스 장편소설 | 이종인 옮김 | 520면

일반 명사가 된 한 남자의 이야기, 미국의 중산 계급에 대한 풍자와 뛰어난 환경 묘사에 성공한 루이스의 최고 걸작
- 1930년 노벨 문학상

170 이토록 긴 편지
마리아마 바 장편소설 | 백선희 옮김 | 192면

50대 여성 라마툴라이가 친구 아이사투에게 쓴 편지. 일부다처제를 둘러싼 두 여인의 고통과 선택, 새로운 삶에서의 번민을 담아낸 작품
- 1980년 노마상

171 느릅나무 아래 욕망
유진 오닐 희곡 | 손동호 옮김 | 168면

욕정과 물욕, 근친상간과 유아 살해, 욕망에서 비롯된 인간사 갈등의 극단점. 그러나 그 속에서도 아직 꺾이지 않는 사랑에 대한 이야기
- 1936년 노벨 문학상 수상 작가

172 이방인
알베르 카뮈 장편소설 | 김예령 옮김 | 208면

인간의 부조리를 성찰한 작가 알베르 카뮈의 처녀작. 죽음, 자유, 반항, 진실의 심연을 들여다본다
- 1957년 노벨 문학상 수상 작가
- 2002년 노벨 연구소가 선정한 〈세계 문학 100대 작품〉

173 미라마르
나기브 마푸즈 장편소설 | 허진 옮김 | 288면

아랍 문학계의 큰 별, 나기브 마푸즈가 파고든 두 차례의 혁명, 그 이후
- 1988년 노벨 문학상 수상 작가
- 피터 박스올 《죽기 전에 읽어야 할 1001권의 책》

174 지킬 박사와 하이드 씨
로버트 루이스 스티븐슨 소설선집 | 조영학 옮김 | 320면

인간 내면의 근원을 탐구한 탁월한 심리 묘사가 스티븐슨. 그가 선사하는 다섯 가지 기이한 이야기
- 2004년 〈한국 문인이 선호하는 세계 명작 소설 100선〉

175 루진
이반 뚜르게네프 장편소설 | 이항재 옮김 | 264면

한 〈잉여 인간〉의 삶과 죽음을 러시아 문단의 거인 뚜르게네프의 사실적 시선을 통해 엿본다

176 피그말리온
조지 버나드 쇼 희곡 | 김소임 옮김 | 256면

20세기 영국 사회의 허위와 모순에 대한 신랄한 풍자. 셰익스피어 이후 가장 위대한 극작가 조지 버나드 쇼의 대표작
- 1925년 노벨 문학상 수상 작가

177 목로주점 전2권
에밀 졸라 장편소설 | 유기환 옮김 | 각 336면

노동자의 언어로 쓰인 최초의 노동 소설. 19세기를 살아간 노동자의 고달픈 삶, 그 몰락의 연대기
- 피터 박스올 《죽기 전에 읽어야 할 1001권의 책》

179 엠마 전2권
제인 오스틴 장편소설 | 이미애 옮김 | 각 336, 360면

호기심과 오해가 빚어낸 사건들 속에서 완성되는 철부지 엠마의 좌충우돌 성장기
- 2007년 데보라 G. 펠터 《여성의 삶을 바꾼 책 50권》

181 비숍 살인 사건
S. S. 밴 다인 장편소설 | 최인자 옮김 | 464면

추리 소설의 황금시대를 장식한 S. S. 밴 다인의 시와 문학을 접목시킨 연쇄 살인 사건

182 우신예찬
에라스무스 풍자문 | 김남우 옮김 | 296면

자유로운 세계주의자 에라스무스, 그의 눈에 비친 〈웃지 않을 수 없는〉 시대의 모습

183 하자르 사전
밀로라드 파비치 장편소설 | 신현철 옮김 | 488면

지중해에 실제로 존재했던 하자르 제국에 대한, 역사와 환상이 교묘하게 뒤섞인 역사 미스터리 사전 소설

184 테스 전2권
토머스 하디 장편소설 | 김문숙 옮김 | 각 392, 336면

옹졸한 인습 속에서도 강인한 생명력과 자연의 회복력을 지닌 순수한 대지의 딸 테스의 삶과 죽음
- 미국 대학 위원회 선정 SAT 추천 도서

186 투명 인간
허버트 조지 웰스 장편소설 | 김석희 옮김 | 288면

SF의 거장 허버트 조지 웰스의 빛나는 상상력. 보이지 않는 인간이 보여 주는, 소외된 인간의 고독
- 미국 대학 위원회 선정 SAT 추천 도서

187 93년 전2권
빅토르 위고 장편소설 | 이형식 옮김 | 각 288, 360면

프랑스 대혁명 당시 가장 치열했던 방데 전투의 종말. 그리고 그곳에서, 사상과 인간성 간의 전쟁이 다시 시작된다

189 젊은 예술가의 초상
제임스 조이스 장편소설 | 성은애 옮김 | 384면

20세기 가장 혁명적인 문학가 제임스 조이스의 자전적 소설, 감수성을 억압하는 사회를 거부하고 예술의 길을 택한 한 소년의 성장기

190 소네트집
윌리엄 셰익스피어 연작시집 | 박우수 옮김 | 200면

아름다운 언어로 사랑과 고통을 그려 낸 소네트 문학의 최고 걸작
- 2009년 『뉴스위크』 선정 〈세계 100대 명저〉

191 메뚜기의 날
너새니얼 웨스트 장편소설 | 김진준 옮김 | 280면

할리우드 뒷골목의 하류 인생들! 그들의 적나라한 모습에서 헛된 꿈에 부푼 인간들의 모습을 본다
- 2009년 『뉴스위크』 선정 〈세계 100대 명저〉

192 나사의 회전
헨리 제임스 중편소설 | 이승은 옮김 | 256면

모호한 암시와 뒤에 숨겨진 반전, 현대 심리 소설의 아버지 헨리 제임스의 대표작
- 미국 대학 위원회 선정 SAT 추천 도서
- 1955년 시카고 대학 〈그레이트 북스〉

193 오셀로
윌리엄 셰익스피어 희곡 | 권오숙 옮김 | 216면

인간의 사랑과 질투, 그리고 의심이라는 감정이 빚어내는 비극

194 소송
프란츠 카프카 장편소설 | 김재혁 옮김 | 376면

난데없는 소송과 운명적 소용돌이에 희생당하는 한 인간을 통해 카프카의 문학적 천재성을 본다
- 2002년 노벨 연구소가 선정한 〈세계 문학 100선〉
- 2005년 『타임』지 선정 〈100대 영문 소설〉

195 나의 안토니아
윌라 캐더 장편소설 | 전경자 옮김 | 368면

유토피아를 꿈꾸며 고향을 떠나온 이민자들의 삶. 황량한 초원에서 펼쳐진 그들의 아름다운 순간들
- 2007년 데보라 G. 펠터 〈여성의 삶을 바꾼 책 50권〉

196 자성록
마르쿠스 아우렐리우스 명상록 | 박민수 옮김 | 240면

로마 황제라는 화려함 뒤에 권력보다는 철학과 인간을 사랑했던 고독한 영웅이 있었다. 그의 성찰의 시간들을 엿본다

197 오레스테이아
아이스킬로스 비극 | 두행숙 옮김 | 336면

오레스테스를 중심으로 벌어지는 잔혹한 복수극을 통해 정의란 무엇인지에 대한 질문을 던진다

198 노인과 바다
어니스트 헤밍웨이 소설선집 | 이종인 옮김 | 320면

한 노인과 거대한 물고기의 사투를 통해 삶과 죽음에 대한 고민과 패배하지 않는 인간의 굳건한 의지를 그려 낸다
- 1952년 퓰리처상 수상작
- 1952년 노벨 문학상 수상 작가

199 무기여 잘 있거라
어니스트 헤밍웨이 장편소설 | 이종인 옮김 | 464면

체험에 뿌리를 내린 크나큰 비극. 미국 문학의 거장 헤밍웨이가 〈잃어버린 세대〉의 모습을 담는다
- 『타임』지가 뽑은 〈20세기 100선〉
- 미국 대학 위원회 선정 SAT 추천 도서

200 서푼짜리 오페라
베르톨트 브레히트 희곡선집 | 이은희 옮김 | 320면

이데올로기 속에 갇힌 인간의 모습을 그려 낸 「서푼짜리 오페라」와 「억척어멈과 자식들」을 만난다
- 「뉴욕 타임스」 선정 〈20세기 최고의 책 100선〉

201 리어 왕
윌리엄 셰익스피어 희곡 | 박우수 옮김 | 224면

자신의 정체성을 아는 자 누구인가? 오이디푸스의 후예 리어, 눈 있으되 보지 못하는 자의 고통
- 미국 대학 위원회 선정 SAT 추천 도서
- 2002년 노벨 연구가 선정한 〈세계문학 100선〉

202 주홍 글자
너새니얼 호손 장편소설 | 곽영미 옮김 | 360면

미국 문학의 시대를 연 호손의 대표작, 가장 통속적인 곳에서 피어난 가장 숭고한 이야기
- 미국 대학 위원회 선정 SAT 추천 도서
- 서울대학교 선정 〈동서 고전 200선〉

203 모히칸족의 최후
제임스 페니모어 쿠퍼 장편소설 | 이나경 옮김 | 512면

자연과 문명, 인디언과 백인, 신화와 역사의 경계를 넘나드는 모히칸 전사의 최후 전투 기록
- 미국 대학 위원회 선정 SAT 추천 도서

204 곤충 극장
카렐 차페크 희곡선집 | 김선형 옮김 | 360면

양차 대전 사이 유럽을 살아간 휴머니스트 카렐 차페크의 치열한 고민, 그러나 위트 넘치는 기록들

205 누구를 위하여 종은 울리나 전2권
어니스트 헤밍웨이 장편소설 | 이종인 옮김 | 각 416, 400면

허무주의에서 평화를 위한 필사의 투쟁으로, 연대를 통한 실천 의식을 역설한 헤밍웨이의 역작
- 1953년 노벨 문학상 수상 작가
- 뉴스위크 선정 세계 100대 명저
- 르몽드 선정 〈20세기 최고의 책〉

207 타르튀프
몰리에르 희곡선집 | 신은영 옮김 | 416면

최고의 희극 배우이자 가장 위대한 극작가 몰리에르, 조롱과 웃음기로 무장한 투쟁의 궤적
- 1955년 시카고 대학 〈그레이트 북스〉
- 서울대학교 선정 〈동서 고전 200선〉

208 유토피아
토머스 모어 소설 | 전경자 옮김 | 288면

르네상스 시대의 휴머니즘과 종교적 관용, 성 평등을 주장한 근대 소설의 효시이자 사회사상사적 명저
- 「뉴스위크」 선정 세상을 움직인 100권의 책
- 스탠퍼드 대학 선정 〈세계의 결정적 책 15권〉

209 인간과 초인
조지 버나드 쇼 희곡 | 이후지 옮김 | 320면

니체의 초인 사상에 큰 영향을 받은 버나드 쇼의 인생관과 예술론이 흥미로운 설정과 희극적인 요소와 함께 펼쳐진다
- 1925년 노벨 문학상 수상
- 시카고 대학 그레이트 북스

210 페드르와 이폴리트
장 라신 희곡 | 신정아 옮김 | 200면

프랑스 신고전주의 희곡의 대가 라신의 대표작이자 정념을 다룬 비극의 정수
- 서울대학교 선정 〈동서 고전 200선〉
- 시카고 대학 그레이트 북스

211 말테의 수기
라이너 마리아 릴케 장편소설 | 안문영 옮김 | 320면

고독과 고난에 대한 기록, 20세기 초 독일어로 발표된 최초의 현대 소설이자 릴케의 유일한 장편소설
- 국립중앙도서관 선정 청소년 권장도서 50선
- 서울대학교 선정 〈동서 고전 200선〉

212 등대로
버지니아 울프 장편소설 | 최애리 옮김 | 328면

삶과 죽음, 세월을 바라보는 깊은 눈, 무수한 인상의 단면들을 아름답게 이어 간 울프의 자전적 소설
- 2002년 노벨 연구소가 선정한 〈세계문학 100선〉
- 2005년 「타임」지 선정 〈100대 영문 소설〉

213 개의 심장
미하일 불가꼬프 중편소설집 | 정연호 옮김 | 352면

혁명의 모순과 과학의 맹점을 파고든 〈불가꼬프적〉 상상력의 정수

214 모비 딕 전2권
허먼 멜빌 장편소설 | 강수정 옮김 | 각 464, 488면

고래에 관한 모든 것, 전율적인 모험, 자연과 인간에 대한 심오한 통찰을 담은 멜빌의 독보적 걸작
- 1954년 서머싯 몸이 추천한 〈세계 10대 소설〉
- 2002년 노벨 연구소가 선정한 〈세계문학 100선〉

216 더블린 사람들
제임스 조이스 단편소설집 | 이강훈 옮김 | 336면

마비된 도시 더블린에 갇힌 욕망과 환멸, 20세기 문학사를 새롭게 쓴 선구적 작가 제임스 조이스 문학의 출발점
- 2008년 〈하버드 서점이 뽑은 잘 팔리는 책 20〉
- 2004년 〈한국 문인이 선호하는 세계 명작 소설 100선〉

217 마의 산 전3권
토마스 만 장편소설 | 윤순식 옮김 | 각 496, 488, 512면

20세기 독일 문학의 거장 토마스 만 작품의 정수! 죽음이 지배하는 알프스의 호화 요양원 〈베르크호프〉에서 생(生)의 아름다움과 환희를 되묻다

220 비극의 탄생
프리드리히 니체 | 김남우 옮김 | 320면

아폴론과 디오뉘소스라는 두 가지 원리로 희랍 비극의 근원을 분석하고 서양 문화의 심층 구조를 드러낸다. 20세기 문학, 철학, 예술에 심대한 영향을 끼친 책

221 위대한 유산 전2권
찰스 디킨스 장편소설 | 류경희 옮김 | 각 432, 448면

세상만사를 꿰뚫어보는 깊은 통찰과 풍부한 서사, 유쾌한 해학이 담긴 19세기 대문호 찰스 디킨스의 작품
- 2002년 노벨 연구소가 선정한 〈세계문학 100선〉
- 2007년 영국 독자들이 뽑은 가장 귀중한 책

223 사람은 무엇으로 사는가
레프 톨스또이 소설선집 | 윤새라 옮김 | 464면

1852년부터 1907년까지, 13편을 선정해 60년에 이르는 똘스또이 작품 세계의 궤적을 담아낸 단편선

224 자살 클럽
로버트 루이스 스티븐슨 소설선집 | 임종기 옮김 | 272면

인간 내면에 도사린 본질적 탐욕과 이중성, 죄의식과 두려움을 다룬 기묘하고 환상적인 단편선

225 채털리 부인의 연인 전2권
데이비드 허버트 로런스 장편소설 | 이미선 옮김 | 각 336, 328면

20세기 문학계를 뒤흔든 D. H. 로런스의 문제작, 현대 산업 사회에 대한 비판과 인간성 회복에의 염원이 담긴 작품
- 르몽드 선정 〈20세기 최고의 책〉
- 피터 박스올 〈죽기 전에 읽어야 할 1001권의 책〉
- 2004년 〈한국 문인이 선호하는 세계 명작 소설 100선〉

227 데미안
헤르만 헤세 장편소설 | 김인순 옮김 | 264면

혼돈과 자아 상실의 시대를 살아가는 젊은이들에게 시대의 지성 헤르만 헤세가 바치는 작품
- 1946년 노벨 문학상 수상 작가
- 2004년 〈한국 문인이 선호하는 세계 명작 소설 100선〉

228 두이노의 비가
라이너 마리아 릴케 시선집 | 손재준 옮김 | 504면

삶 속에서 죽음을 노래한 시인 릴케의 대표 시집 중 엄선한 170여 편의 주요 작품을 소개한 시 선집

- 동아일보 선정 〈세계를 움직인 100권의 책〉
- 고려대학교 선정 〈교양 명저 60선〉

229 페스트
알베르 카뮈 장편소설 | 최윤주 옮김 | 432면

죽음 앞에 선 인간의 고뇌와 역할에 대한 진지한 성찰이 담긴 〈제2차 세계 대전 이후 최대의 걸작〉

- 1957년 노벨 문학상 수상 작가
- 서울대학교 선정 권장 도서 100선
- 국립중앙도서관 선정 청소년 권장 도서 50선

230 여인의 초상 전2권
헨리 제임스 장편소설 | 정상준 옮김 | 각 520, 544면

자유로운 이상을 가진 한 여인의 이야기, 헨리 제임스의 심리적 사실주의를 대표하는 걸작

- 2004년 〈한국 문인이 선호하는 세계 명작 소설 100선〉
- 미국 대학 위원회 선정 SAT 추천 도서
- 서울대학교 선정 〈동서 고전 200선〉

232 성
프란츠 카프카 장편소설 | 이재황 옮김 | 560면

독일인이 뽑은 20세기 최고의 작가 카프카의 3대 장편소설 중 하나

- 2002년 노벨 연구소가 선정한 〈세계 문학 100선〉
- 피터 박스올 〈죽기 전에 읽어야 할 1001권의 책〉

233 차라투스트라는 이렇게 말했다
프리드리히 니체 산문시 | 김인순 옮김 | 464면

니체 철학의 가장 중심적인 사상들을 생동하는 문학적 언어로 녹여 낸 작품

- 국립중앙도서관 선정 고전 100선
- 동아일보 선정 〈세계를 움직이는 100권의 책〉

234 노래의 책
하인리히 하이네 시집 | 이재영 옮김 | 384면

독일을 대표하는 서정 시인이자 혁명적 저널리스트인 하이네의 시집. 실패한 사랑의 슬픔과 인습의 굴레에서 벗어나고자 했던 고아한 시성(詩聖)의 노래

235 변신 이야기
오비디우스 서사시 | 이종인 옮김 | 632면

라틴 문학의 전성기를 대표하는 시인 오비디우스가 그리스 로마 신화를 응집한 역작

- 2002년 노벨 연구소가 선정한 〈세계문학 100선〉
- 서울대학교 권장 도서 100선
- 연세대학교 권장 도서 200선

236 안나 까레니나 전2권
레프 똘스또이 장편소설 | 이명현 옮김 | 각 800, 736면

사랑과 결혼, 가정 등 일상적인 소재를 통해 당대 러시아의 혼란한 사회상과 개인의 내면을 생생하게 묘사한, 똘스또이의 모든 고민을 집대성한 대표작

- 『가디언』 선정 역대 최고의 소설 100선
- 서울대학교 권장 도서 100선

238 이반 일리치의 죽음 · 광인의 수기
레프 똘스또이 장편소설 | 석영중 · 정지원 옮김 | 232면

죽음 앞에 선 인간 실존에 대한 똘스또이의 깊은 성찰이 담긴 걸작

- 시카고 대학 그레이트 북스
- 피터 박스올 〈죽기 전에 읽어야 할 1001권의 책〉

239 수레바퀴 아래서
헤르만 헤세 장편소설 | 강명순 옮김 | 232면

모순적인 교육 제도에 짓눌린 안타까운 청춘의 이야기. 헤세의 사춘기 시절 체험이 담긴 자전적 성장 소설

- 1946년 노벨 문학상 수상 작가
- 서울대학교 선정 동서 고전 200선

240 피터 팬
J. M. 배리 장편소설 | 최용준 옮김 | 272면

영원히 어른이 되고 싶지 않은 소년 피터팬, 신비의 섬 네버랜드에서 펼쳐지는 짜릿한 대모험

- 『가디언』 선정 〈모두가 읽어야 할 소설 1000선〉

241 정글 북
러디어드 키플링 중단편집 | 오숙은 옮김 | 272면

늑대 품에서 자란 소년 모글리, 대지가 살아 숨 쉬는 일곱 개의 빛나는 중단편들

- 1907년 노벨 문학상 수상 작가
- BBC 선정 아동 고전 소설

242 한여름 밤의 꿈
윌리엄 셰익스피어 희곡 | 박우수 옮김 | 160면

셰익스피어의 대표 낭만 희곡. 꿈과 현실을 넘나드는 한바탕의 마법 같은 이야기

- 미국 대학 위원회 선정 SAT 추천 도서

243 좁은 문
앙드레 지드 | 김화영 옮김 | 264면

지상보다 천상의 행복을 사랑한 여인과, 그 여인을 사랑한 한 남자의 이야기. 현대 프랑스 문학의 거장 앙드레 지드의 대표작

- 1947년 노벨 문학상 수상 작가
- 2003년 국립중앙도서관 선정 〈고전 100선〉

244 모리스
E. M. 포스터 장편소설 | 고정아 옮김 | 408면
영국 중산층의 한 젊은이가 자신의 성적 정체성을 찾아가는 과정을 그린 소설

245 브라운 신부의 순진
길버트 키스 체스터턴 단편집 | 이상원 옮김 | 336면
추리 문학계의 전설로 손꼽히는 매력적인 성직자 탐정 브라운 신부의 놀라운 활약상. 추리 문학의 거장 체스터턴의 대표 단편집

246 각성
케이트 쇼팽 장편소설 | 한애경 옮김 | 272면
오롯이 〈자기 자신〉으로 살기 원했던 한 여성의 이야기. 선구적 페미니즘 작가 케이트 쇼팽의 대표작

247 뷔히너 전집
게오르크 뷔히너 지음 | 박종대 옮김 | 400면
독일 현대극의 선구자가 된 천재 작가 게오르크 뷔히너.「당통의 죽음」,「보이체크」등 그가 남긴 모든 문학 작품을 한 권에 수록한 전집

248 디미트리오스의 가면
에릭 앰블러 장편소설 | 최용준 옮김 | 424면
〈스파이 소설의 최고 걸작〉으로 평가받는, 현대 스파이 소설의 아버지 에릭 앰블러의 대표작

249 베르가모의 페스트 외
옌스 페테르 야콥센 중단편 전집 | 박종대 옮김 | 208면
페스트가 이탈리아 북부를 휩쓸자 절망에 빠진 시민들은 타락하기 시작한다. 덴마크 작가 야콥센의 걸작 중단편집

250 폭풍우
윌리엄 셰익스피어 희곡 | 박우수 옮김 | 176면
폭풍우로 외딴 섬에 난파한 기묘한 인연의 사람들. 사랑과 복수, 용서가 뒤섞인 환상적인 이야기

251 어센든, 영국 정부부 요원
서머싯 몸 연작 소설집 | 이민아 옮김 | 416면
서머싯 몸이 자신의 실제 스파이 경험을 토대로 쓴 연작 소설집. 현대 스파이 소설의 원조이자 고전이 된 걸작

252 기나긴 이별
레이먼드 챈들러 장편소설 | 김진준 옮김 | 600면
하드보일드 소설의 대표 고전. 레이먼드 챈들러가 창조한 전설적인 탐정 필립 말로의 활약을 담은 대표작
- 1955년 에드거상 수상작

253 인도로 가는 길
E. M. 포스터 장편소설 | 민승남 옮김 | 552면
인도인과 영국인은 친구가 될 수 있을까. 영국 식민 통치의 모순을 파헤친 E. M. 포스터의 대표작
- 「타임」 선정 〈현대 100대 영문 소설〉
- 모던 라이브러리 선정 〈20세기 영문 소설 100선〉
- 1924년 제임스 테이트 블랙 기념상 수상
- 1925년 페미나상 수상

254 올랜도
버지니아 울프 장편소설 | 이미애 옮김 | 376면
남성에서 여성이 되어 수백 년을 살아온 한 시인의 놀라운 일대기. 버지니아 울프의 걸작 환상 소설
- 피터 박스올 〈죽기 전에 읽어야 할 1001권의 책〉
- BBC 선정 〈우리 세계를 형성한 100권의 소설〉

255 시지프 신화
알베르 카뮈 지음 | 박언주 옮김 | 264면
카뮈의 부조리 사상의 정수를 담은 대표 철학 에세이. 철학적인 명징함과 문학적 감수성을 두루 갖춘 걸작
- 1967년 노벨 문학상 수상 작가
- 고려대학교 선정 교양 명저 60선

256 조지 오웰 산문선
조지 오웰 지음 | 허진 옮김 | 424면
조지 오웰의 명징한 통찰과 사유를 보여 주는 빼어난 에세이들을 엄선한 선집

257 로미오와 줄리엣
윌리엄 셰익스피어 희곡 | 도해자 옮김 | 200면
증오 속에서 태어나 죽음을 넘어서는 불멸의 사랑. 셰익스피어가 창조한 가장 유명한 사랑의 비극

258 수용소군도 전6권
알렉산드르 솔제니찐 기록문학 | 김학수 옮김 | 각 460면 내외
20세기 최고의 고발 문학이자 세계적인 휴먼 다큐멘터리
- 1970년 노벨 문학상
- 「타임」지가 뽑은 〈20세기 100선〉

264 스웨덴 기사
레오 페루츠 장편소설 | 강명순 옮김 | 336면
운명처럼 얽혀 신분이 뒤바뀐 도둑과 귀족의 파란만장한 이야기. 독일어권 문학의 거장 레오 페루츠의 걸작 환상 소설

265 유리 열쇠
대실 해밋 장편소설 | 홍성영 옮김 | 328면
대실 해밋이 자신의 최고 걸작으로 꼽은 작품. 인간의 욕망과 비정한 정치의 이면을 드러내는 하드보일드 범죄 소설

266 로드 짐
조지프 콘래드 장편소설 | **최용준 옮김** | 608면

침몰하는 배와 승객을 버리고 도망친 한 선원의 파멸과 방황, 모험을 그린 걸작. 영국 문학의 거장 조지프 콘래드의 대표 장편소설

- 모던 라이브러리 선정 〈20세기 영문 소설 100선〉
- 르몽드 선정 〈20세기 최고의 책〉

267 푸코의 진자 전3권
움베르토 에코 장편소설 | **이윤기 옮김** | 각 392, 384, 416면

광신과 음모론의 극한을 보여 주는 이야기. 에코의 가장 〈백과사전적〉이고 야심적인 소설

270 공포로의 여행
에릭 앰블러 장편소설 | **최용준 옮김** | 376면

전쟁 중 한 엔지니어의 생사를 둘러싸고 벌어지는 각국의 숨 막히는 첩보전. 현대 스파이 소설의 아버지 에릭 앰블러의 걸작

271 심판의 날의 거장
레오 페루츠 장편소설 | **신동화 옮김** | 264면

유명 배우의 의문의 죽음, 그리고 수수께끼의 연쇄 자살 사건의 비밀. 독일어권 문학의 거장 레오 페루츠의 대표작

272 에드거 앨런 포 단편선
에드거 앨런 포 지음 | **김석희 옮김** | 392면

환상 문학과 미스터리 문학의 선구자 에드거 앨런 포의 대표 작품 12편을 엄선한 단편집

- 미국 대학 위원회 선정 SAT 추천 도서
- 2002년 노벨 연구가 선정한 〈세계문학 100선〉
- 2004년 〈한국 문인이 선호하는 세계 명작 소설 100선〉

273 수전노 외
몰리에르 희곡집 | **신정아 옮김** | 424면

천재 극작가이자 희극 배우 몰리에르, 고전 희극을 완성한 그의 대표 문제작들

- 고려대학교 선정 〈교양 명저 60선〉
- 클리프턴 패디먼 〈일생의 독서 계획〉

274 모파상 단편선
기 드 모파상 지음 | **임미경 옮김** | 400면

세계문학사상 가장 위대한 단편 작가 중 하나인 기 드 모파상. 속되고도 아름다운 삶의 면면을 날카롭게 포착하는 그의 걸작 단편들

275 평범한 인생
카렐 차페크 장편소설 | **송순섭 옮김** | 280면

죽음을 앞두고 진정한 자신들을 만난 한 남자의 이야기. 체코 문학의 길을 낸 20세기 최고의 이야기꾼 차페크의 걸작

276 마음
나쓰메 소세키 장편소설 | **양윤옥 옮김** | 344면

정교한 언어로 길어 올린 인간 내면의 연약한 심연. 일본의 국민 작가 나쓰메 소세키 문학의 정수

- 서울대학교 권장 도서 100선
- 피터 박스올 〈죽기 전에 읽어야 할 1001권의 책〉

277 인간 실격 · 사양
다자이 오사무 소설집 | **김난주 옮김** | 336면

일본 데카당스 문학의 기수 다자이 오사무. 그가 생의 마지막 불꽃을 태워 완성한 두 편의 대표작

278 작은 아씨들 전2권
루이자 메이 올컷 장편소설 | **허진 옮김** | 각 408, 464면

세상의 모든 딸들을 위한 걸작. 저마다 다른 개성으로 빛나는 네 자매의 성장 소설

- 〈타임〉지 선정 〈100대 영문 소설〉
- 미국 전국 교육 협회 선정 〈교사를 위한 100대 도서〉

280 고함과 분노
윌리엄 포크너 장편소설 | **윤교찬 옮김** | 520면

현대 미국 문학의 거장이자 노벨 문학상 수상 작가 윌리엄 포크너의 가장 강렬한 대표작

- 1949년 노벨 문학상 수상 작가
- 미국 대학 위원회 선정 SAT 추천 도서

281 신화의 시대
토머스 불핀치 신화집 | **박중서 옮김** | 664면

서양 문화의 근간이 되는 그리스 로마 신화를 집대성한 최고의 역작

- 서울대학교 권장 도서 100선
- 한국 문인이 선호하는 세계 명작 소설 100선

282 셜록 홈스의 모험
아서 코넌 도일 단편집 | **오숙은 옮김** | 456면

세계에서 가장 유명한 탐정 셜록 홈스 이야기의 정수를 담은 단편집. 문학사상 가장 위대한 추리 단편집으로 손꼽히는 역작

283 자기만의 방
버지니아 울프 지음 | **공경희 옮김** | 216면

선구적 페미니스트 버지니아 울프가 여성과 문학의 문제를 논한 에세이. 페미니즘의 가장 유명한 고전이 된 걸작

284 지상의 양식 · 새 양식
앙드레 지드 지음 | **최애영 옮김** | 360면

노벨 문학상 수상 작가 앙드레 지드의 대표작. 생의 쾌락을 향한 열정과 열광을 노래한 영원한 〈탈주와 해방의 참고서〉